HackerMan I

Circle (the middle)

Purtschert Stephan

BOOKS on DEMAND

Bibliografische Information der Deutschen Nationalbibliothek:
Die Deutsche Nationalbibliothek verzeichnet diese Publikation in der Deutschen Nationalbibliografie; detaillierte bibliografische Daten sind im Internet über http://dnb.dnb.de abrufbar.

Illustration: **Stephan Purtschert**
Übersetzung: **Stephan Purtschert**
weitere Mitwirkende: **Stephan Purtschert**

Herstellung und Verlag: BoD – Books on Demand, Norderstedt

ISBN: 9783744871778

Autor Purtschert Stephan

Sehr verehrte Leserinnen und Leser

Herzlich Willkommen,
bei HackerMan, (Circle the middle).
Wirtschaftsthriller der besonderen Art.
Freut mich an Ihrem Interesse an der Trilogie von
HackerMan, wenn Sie noch nicht seit Anfang dabei
waren und nicht HackerMan (Circle the beginning)
gelesen
haben, empfehle ich Ihnen von dort anfangen zu
lesen, damit Sie alle Zusammenhänge des Buches
besser verstehen können, wie auch die ganze Trilogie
und die Story interessanter ist.
Ich wünsche Ihnen, allen Leser und Leserinnen, viel
Spaß, Spannung und Unterhaltung.
Besten Dank. Für Ihr Interesse an meiner Fantasie.
Realistisch und Möglich zugleich.

Stephan Purtschert

13. Fortsetzung von Kapitel 13, von HackerMan Circle (the beginning)

In der Zwischenzeit trafen sich Jim und Karl wieder
im Pauls Café, Jim selbst 10 Minuten verspätet, nahm
Platz am Tisch, und bestellte dasselbe wie Karl,
einen starken Kaffee.
Jim, immer noch sehr stark in Gedanken versunken,
durch das Telefonat mit Francis Tenner, und betreff
Zweck und des Auftrages von Ihm selbst verursacht,
später überraschenderweise durch Don Brenner
anvisiert, bemerkte erst nach dem Drittenmal, dass
er von Karl Westermann angesprochen wurde.
„Entschuldigung Karl, ich bin ein wenig weggetreten
und müde von der langen Sitzung, auch in der
Bläckybank geht es in der letzten Zeit zu und her wie
in einem
Affenstall, was hast du mich gleich gefragt?"
„Schon gut Jim, in unseren Positionen kennt jeder
die Müdigkeit, die einem zwischendurch befällt und
einem richtig nach unten reisst, manchmal glaubt
man den Boden unter den Füssen zu verlieren.
Die Reiserei macht es auch nicht besser, wenn es nur
Ferien sein könnten, dass wäre wunderbar.
Ich habe dich danach gefragt, betreff Sitzung von
gestern und dem Telefonat heute, ob Don und du
schon, betreff Dany Chester in Aktion getreten seid.
Ist wirklich eine komische Geschichte, wie kommt so
eine Person wie Dany Chester, überhaupt zu solchen
Informationen.

Ich kann es einfach nicht nachvollziehen, für mich einfach unbegreiflich. Hattest du schon von alledem Kenntnisse, vor der Sitzung des Circles?"

Jim hörte genau zu, was Karl erzählte.

„Nein Karl, bis jetzt haben wir noch nichts unternommen,"log Jim, „vor allem wurde ich, auch erst jetzt, über die aktuellen Dinge, von Don über die Sitzung informiert, er war die ganze Zeit sehr zugeknöpft und auf das Thema Circle absolut verschlossen und nicht ansprechbar.

Wenn ich es dir so, unter vier Augen sagen darf, ich war lange Zeit sehr wütend auf ihn. Deshalb, weil ich in der gleichen Firma wie Don, in der Bläckybank tätig bin, seit längerer Zeit befreundet mit ihm, und der CEO der Bläckybank bin."

Die Betonung auf CEO, betonte Jim scharf und bestimmt.

Karl nahm einen Schluck Kaffee und bestellte sogleich, noch zwei Neue, bei der Bedienung und sprach weiter.

„Kann dich gut verstehen Jim, würde auch mir so ergehen. Don ist schon manchmal ein ausgeprägter sturer Bock, er hat schon ein hohes Alter und kommt aus einem anderen Jahrzehnt als wir.

Aber Eines muss man ihm lassen, so eine intelligente Person wie Don Brenner, habe ich in der Finanzindustrie, bis jetzt noch nie kennengelernt. Er alleine ist der Situation gewachsen, denn die Aussagen von gewissen Mitgliedern stimmen mich sehr nachdenklich. Hast du nicht gemerkt wie Don für einen kurzen Moment sehr wütend wurde, als der Circle in Frage gestellt wurde? So aufgebracht, sah ich Don noch nie."

„Nun gut Karl, das kann ich wirklich verstehen, dass Don über die Reaktionen der Mitglieder wütend wurde, vor allem die miserablen Lösungsvorschläge welche
eingebracht wurden," gab Jim zur Antwort.

„Jedenfalls bin ich schon gespannt, wie sich die Angelegenheit weiterentwickelt. Don spricht von einer möglichen Erpressung. Ich hoffe, glaube für Don und den Circle, wie auch für uns Alle, dass Chester, nicht zu genügende Informationen und Kenntnisse über den Circle besitzt und schlimmstenfalls, den halt, nur zu einer Erpressung kommt. Dann bezahlen wir halt.
Bei Bekanntgabe und Informationen an die Medien und der Öffentlichkeit, wäre Dies, der absolute Gau für uns Alle, das absolute Ende.
Die Grosskonzerne nicht zu vergessen, wir würden wochenlang auf den Titelseiten stehen, national wie auch international, nur schon der Gedanke daran, bringt mich ins Zittern.
Unter uns, darum hast du auch so einen Vorschlag an den Circle eingebracht, ich glaube, dass es dir Ernst war mit der Eliminierung von Chester, und nicht, wie Don es heruntergespielt hatte, und es als einen Witz abgetan." Karl sah Jim direkt in die Augen.
Jim konnte keinen Hehl daraus machen.

„Ja Karl, damit hast du recht, aber die beste Lösung wäre es natürlich schon. Jedenfalls ist mir auch klar, wie auch Don sagte, dass man in der Geschäftswelt, wie der Unseren, die Probleme nicht so anpackt, wo käme man, denn hin. Ich habe mich fast ein bisschen vor dem Circle lächerlich gemacht.

Ich war ausgesprochen wütend auf Don, wie vorhin gesagt, dass mich Don nicht in dieser Angelegenheit eingeweiht hatte, und ich, somit bis dahin, nichts tun konnte.

Wie du, Karl, glaubte ich, wir würden uns hauptsächlich betreff der Überschreitung der 200 Milliarden Grenze treffen.

Ich selber habe das Gefühl, dass er uns nicht alles mitgeteilt hat und ein Teil der Geschichte vorenthält. Nun gut, es ist so, wie es ist."

„Wie meinst du Das, mit vorenthalten?"

„Ich habe keine konkreten Vorstellungen, aber irgendwie fehlt etwas an der Geschichte, ein Puzzle vom Ganzen, ich habe einfach ein ungutes Gefühl an der Geschichte," meinte Jim, nach der Frage von Karl.

„Ja Jim, ich habe das gleich Gefühl bei der Sache Chester, Don verschweigt uns irgendwas.

Jedenfalls, ist jetzt Handlungsbedarf angesagt, man kann die Angelegenheit nicht einfach schleifen und auf sich ruhen lassen.

Was man aber ihm, zu Gute halten muss, er hat keinen Alleingang unternommen, sondern eine ausserordentliche Sitzung einberufen, und uns Circlemitglieder informiert."

Wenn Karl nur wüsste, dachte sich Jim. Karl sprach weiter

„Du und Don, werden schon einen Lösungsweg finden."

Karl war froh hatte er mit dieser Situation nichts zu tun, trotzdem betraf es ihn, und seinen Grosskonzern, einen Lösungsweg werden die Beiden schon finden, nur die Frage war nur, was für Einen, dachte sich Karl.

Er würde, und musste etwas, selber unternehmen, und zwar mit seinem engsten Mitarbeiterstab.

Scheisse, so einfach war die Angelegenheit nicht, denn er konnte den Circle nicht preisgeben, der war Geheim, somit musste er auch aufpassen wie er Vorging.

Jedenfalls, trotzdem, müsste er Abklärungen treffen und über das weitere Vorgehen für den Eigenschutz überdenken, wenn die Situation mit Chester eskalierte.

„Würde sagen, lassen wir das Thema, ich habe jetzt reichlich Hunger und Kohldampf, wie wollen wir noch den restlichen Abend verbringen und kennst du ein tolles Restaurant in Boston Jim?"

„Weiss auch nicht recht, um wieder zurück ins Bläckyhotel zu gehen um zu essen, habe ich gerade keine Lust. Weisst du was, wir könnten Knick-Fender anrufen, welcher uns zu einem Restaurant führt."

Jim zwinkerte mit einem Auge, Karl zu.

„Auf gar keinen Fall Jim, mein Kopf ist jetzt schon genug voll."

Beide mussten lachen." War nur ein kleiner Witz Karl."

„Also was jetzt?" fragte Karl nochmals nach.

„Ich würde sagen, wir bewegen uns zur Innenstadt vor, und wählen ein Restaurant aus.

Dann, wenn uns nach dem Abendessen danach ist, Lust und Laune haben, könnten wir uns noch ein paar nette Damen auf der Gasse angeln, für solche Vergnügungen bist du ja auch nicht abgeneigt, wie ich dich kenne.

Ich schlage auch vor, das Thema Chester für den heutigen Tag auf sich ruhen zu lassen, denn Morgen, ist schon wieder Arbeit angesagt."

„Jim, du alter Charmeur, keine Frage, nehme beide Vorschläge dankend an. Also, auf geht's zur Innenstadt."

Beide erhoben sich und verliessen nach der Bezahlung das Café Paul.

14. Sen Kanter, zweiter Beruf, 4. November

30 Minuten später, nach dem Gespräch mit seinem alten Freund Phillippe Mekenter an der Reception, betrat Sen Kanter die stockdunkle Tiefgarage.
Seine Augen mussten sich zuerst an die Dunkelheit gewöhnen, er grub sein Handy aus seiner Hosentasche und schaltete die Taschenlampe ein, musste halt Diese herhalten, ansonsten wäre er für solche Aktionen besser vorbereitet. Per Zufall, ergab sich jetzt die Gelegenheit, und sind auch, meistens die Lukrativsten.
In der nächsten Zeit, konnte er ruhig seiner zweiten Beschäftigung nachgehen, das grosse Hotel war weitgehend menschenleer, ausser mit den Geschäftsleuten, welche, eine irgendwelche Sitzung abhielten, so konnte er unbekümmert vorgehen.
Sen durchlief mit langsamen schritten die Tiefgarage, stellte bald fest, dass fast keine Autos abgestellt waren, als der herumschwenkende Strahl seiner Taschenlampe auf ein paar Autos stiess.
Es waren ältere Fahrzeuge, vermutlich von den wenigen Hotelangestellten, welche zurzeit zur Gegend und bei der Arbeit waren. Den blauen Honda von Phillippe Mekenter erkannte er sofort, Der würde Augen machen, wenn Mekenter sein Fahrzeug nicht mehr vorfand. Nicht und überhaupt nicht interessant für Kanter. Anscheinend blieb, für heute das lukrative Geschäft aus.

Er zündete mit dem Licht tiefer in die Tiefgarage hinein, wollte seine Aktion gleich abbrechen, als er eine dunkle, schwarze Silhouette eines Fahrzeuges sah und war nahm.

Er wollte zuerst, trotzdem kehrtmachen, aber sein Interesse wurde geweckt, wollte wissen, was für ein Fahrzeug, ein solch tief schwarzes, schwärzer als die Dunkelheit, welches das Fahrzeug umgab, war.
Er lief direkt zum Fahrzeug, bis er davorstand und nicht mehr aus dem Staunen kam.
Er wusste, ein älteres Fahrzeug führte die Limousinenkolonne vor einigen Stunden an, als er noch redlich die Arbeit verrichtete, konnte aber wegen der weiten Distanz und der blendeten Sonne, die Marke und das Modell des Fahrzeuges von dem Glasbunker aus, nicht ausmachen.
Der Anblick brachte Sen Kanter in eine Euphorie, stand er wirklich vor einen Hitler Mercedes, den Mercedes-Benz W 07, interne Bezeichnung der Daimler-Benz AG für den Mercedes Benz Typ 770.
Hergestellt zwischen 1930 und 1938,
mit einem 7.7 Liter Ottomotor mit 110-147 kW.
Leergewicht von 2700kg.
Gebraucht und gefahren vom Reichspräsident von Hindenburg und dem japanischen Kaiser Hirohito.
Auch Papst Pius XI. und sein Nachfolger Pius XII. nutzten die Staatskarosse. Adolf Hitler ließ sich ab 1931 im Typ 770 fahren.
Jedenfalls, umlief Sen Kanter jetzt die

Pullman-Limousine mit seiner Länge von 5.6m, dazu noch eines Cabriolets, welches dazumal, für, oder um die 44 500 Reichsmark zu haben war.

Sen erinnerte sich zudem, an einen Zeitungsartikel, dass von der ersten Serie bis 1938, 117 Fahrzeuge produziert wurden.

Er stellte sich die Frage, wie viele Fahrzeuge in diesem Jahr 2017 weltweit noch vorzufinden sind, und wie viele auf der Strasse zugelassen, mit diesem vorzüglichen und unglaublichen Zustand. Keine Frage, dieses Fahrzeug war echt, und keine Reduplikation.

Sen zog willkürlich an der Fahrerseite die Tür, welche zum Erstaunen von Sen, widerstandslos aufging.

Sen Herz pochte und die Euphorie hielt an, als er auf dem Fahrersitz platz nahm, er bestaunte die alten Armaturen und das restaurierte Wageninnere, in tadellosem Zustand wie aussen, keine Frage, da nahm, irgendjemand wirklich viel Geld in die Hand. Sogar, ein eingebauter Designkühlschrank aus Edelstahl befand sich auf einem ehemaligen, ausgebauten Sitzplatz auf dem Fahrzeugboden.

Im Kühlschrank befanden sich hauptsächlich alkoholische Getränke und teurer Champagner und Wein.

Für, auf irgendwelche erfolgreiche Börsengeschäfte anzustossen, Dies war einfach eine andere Liga und Welt, in der Sen Kanter und die grösste Anzahl der Menschheit lebte.

Mitten in seiner Schwärmerei, schoss Sen Kanter ein Impuls durch sein Gehirn, und holte ihn, in die

jetzige Realität zurück. Wenn er jetzt, diese Staatskarosse klauen wollte, musste er sich jetzt in Bewegung setzen, er durfte auf gar keinen Fall, Zeit verlieren. Je mehr die Zeit verstrich, je höher das Risiko.
Trotzdem, fragte er sich, ob ein solcher Diebstahl nicht seine Fähigkeiten überstiegen.
Jetzt oder nie, er musste handeln.

Trotz der innerlichen Ermahnungen seines Gewissens, ging Sen zu Werke.
Denn, als Autofanatiker, und der seltenen Gelegenheit, die es eigentlich nicht gab, war die selbstgestellte Frage schon beantwortet und sonnenklar, er musste den Mercedes Benz haben.
Die, daraus resultierenden Probleme und Gedanken, würde er auf einen späteren Zeitpunkt verschieben, wieso auch nicht. Arbeit, wartete jetzt auf ihn.
Zuerst studierte er alle Bedienelemente, leider nur teils Beschriftet und Das auch noch auf Deutsch.
Doch bei genauerem Betrachten und der Einfachheit, begriff Kanter schnell die meiste Bedienung, denn die neuen und heutigen Fahrzeuge besassen natürlich viel mehr Technologie, Anzeigesysteme, Schalter usw., natürlich basierend auf den Alten.
Er brauchte doch eine gewisse Zeit, bis er das Auto kurzgeschlossen hatte, denn die Materialien des Fahrzeuges waren aus echten und massiven Holz und Stahl, nicht hergestellt aus billigem Plastik wie Heute, um mit baldigen Neudefekten nach der Garantiezeit die Wirtschaft anzukurbeln.

Als er ungewohnt, zuerst mühsam, den Gang einbrachte und fortfahren wollte, würgte er den Motor ab.

Beim zweiten Mal, klappte es auf anhin und Sen Kanter fuhr aus der Tiefgarage mit dem Ziel, zu seinem kleinen Lager an der Springdale Ave in Dover. Zum guten Glück, war die Nacht über das Land eingebrochen und die Fahrt nicht so weit, auch das Benzin reichte, so fiel er mit dieser altertümlichen Karosse nicht besonders auf. Denn bald, würde man nach diesem Fahrzeug suchen und die Polizei alarmieren.

Um, und in Boston herum, fuhren viele reiche Leute Oldtimer, ein Vorteil zu seinen Gunsten.

Als er das Fahrzeug, 1.5h später, in der abgelegenen Gegend im Lager abstellte, lief Sen Kanter zum Kühlschrank und entnahm eine kühle Dose Bier, um ein wenig herunterzukommen und sich zu beruhigen. Seit Anblick des Fahrzeuges stand Sen Kanter innerlich unter Strom.

Er sass freudestrahlend vor das Fahrzeug und genoss den Anblick und das Bier.

Konnte er so stolz sein, auf seine Arbeit, oder war er einfach ein bisschen Blöde, solch ein Ding durchgezogen zu haben. Jedenfalls war Dies, der grösste Diebstahl, in Sen Kanters Gauner Kariere. Vom angehenden Footballprofi zum Gauner.

Sen ging über das Handy auf das Internet, durchsuchte verschiedene Seiten, um den eigentlichen Wert des Fahrzeuges einzuschätzen.

Die Wertschätzung des Autos, ging von 2-10 Millionen Dollar.

Anscheinend war ein russischer Milliardär an einem Hitler Auto interessiert und bot bis zu 10 Millionen Dollar einem privaten Geschäftsmann aus Deutschland an, des gleichen Types, welcher jetzt in dem Lager vor ihm stand.

Sen fragte sich, was für namhafte Größen und Figuren in dem nun gestohlenen Auto fuhren, und wem jetzt das Fahrzeug gehörte und der eigentliche Besitzer ist, genauer gesagt war. Welcher sicherlich in Kürze, fluchend, wütend und stampfend hin und her lief, um sein Fahrzeug einzufordern.

Jedenfalls hatte Sen Kanter ein schwerwiegendes Problem, wie konnte er das Fahrzeug jetzt zu Geld realisieren.

Nun gut, das Fahrzeug war für die nächste Zeit versorgt, er konnte sich doch noch, genug Zeit lassen.

Eines musste er sich merken, die Araber rissen sich um solche Autos.

Zum guten Glück, lebte Sen Kanter im Jahr 2017, wodurch mit Hilfe des Internets, er sicherlich einfacher das Fahrzeug weltweit verkaufen konnte, in der Anonymität und unter einem Pseudonym.

Mal sehen, wies weiterging.

Phillipe Mekenter, würde sich, auch bald bei ihm melden, und ihn über den Ablauf, im Hotel Bläcky zu berichten und zu informieren, betreff des gestohlenen Fahrzeuges.

Sen dachte noch einige Zeit darüber nach, stand auf, und begutachte das Fahrzeug von Neuem, bestaunte den revidierten 7.7 Liter Motor. Der Motor glänzte wie die Aussenlackierung, hier war ein Profi am Werk.

Zudem wurde das Fahrzeug permanent gepflegt.

Der Fahrzeugtank war komplett überdimensioniert, dachte an das gelesene von vorhin, wonach man bis zu einem 300 Liter Tank sprach, genauer gesagt schrieb, da er es ja gelesen hatte. Ja gut, mit einem solchen Motor, brauchte man gleich einen Tankanhänger.

Der Verbrauch, dachte sich Sen, würden ihn ungemein interessieren auf 100 Meilen, aber das Risiko ging er sicherlich nicht ein, um Dies gleich praktisch mit dem Benz, festzustellen.

Sen ging jetzt spontan ins Fahrzeuginnere, um den Halter des Fahrzeuges festzustellen, interessierte ihn jetzt, öffnete die altertümliche Schublade, fand unter einer Handtasche die Fahrzeugpapiere mit dem Haltereintrag Don Brenner.

Sen brauchte nicht lange um zu überlegen, wem das Fahrzeug gehörte und wer Don Brenner war, auch eine sehr namhafte Grösse, mit sehr viel Geld, Der würde toben, dachte sich Sen.

Seine Erinnerungen an die technischen Angaben stimmten haargenau mit den Daten der Fahrzeugpapiere überein.

Ja, sein Gehirn, hatte ihn nicht, im Stich gelassen, hoffentlich das Glück in naher Zukunft auch nicht.

Sen ging nochmals zum Kühlschrank und genehmige sich eine zweite Dose, denn in dieser Nacht, würde er hier im Lager schlafen, wobei er nicht vergessen durfte seiner Frau bald Bescheid zu sagen, um ihr nicht Sorgen zu bereiten.

Zum guten Glück, warf seine Frau Sarah, den fehlenden Umstand, Sen nicht vor, wenn er ab und zu, nicht nach Hause kam. Da kannte er schon andere Biester, welche dem Mann die Hölle heiss taten.

Manchmal fragte sich Sen, ob Sarah, über seine zweite Einnahmequelle Bescheid wusste.

Sen nahm wieder vor der Staatskarosse Platz, durchsuchte gründlich die Handtasche, was er da fand, brachten seine Augen zum Leuchten, nicht betreff den 2000 Dollar in Bargeld, ein Jubelschrei halte durch das kleine Lager, und noch Einen. Er konnte so viel jubeln wie er wollte, es hörte ihn doch keiner.

Ja, er hatte es geschafft, er war Reich und Besitzer einer Luxusmaschine, auch ohne Footballkariere. Jedenfalls, würde er sicherlich nicht Mekenter darüber informieren, dass Dieser, seinen 50% Anteil dazu einfordern konnte. Dieser Geldgierige Sack, welcher keine Verantwortung in diesen Gaunerspielen übernahm.

Er rief seine Frau an, informierte sie kurz und bündig, mehr musste sie nicht wissen, wieso auch.

Sein Glückstag war gekommen, für die nächste Zeit würden seine finanziellen Probleme verschwinden, für längere Zeit, er bestieg den kleinen Motorradroller und fuhr los.

Dachte sich, wenn er nach der phänomenalen Tour zurückkommt, würde er zur Feier des Tages und der Nacht, einen Champagner aus dem Kühlschrank des Mercedes entnehmen, für sich Alleine, mit seinen Gedanken zur Zukunft feiern.

15. Treffpunkt in Chicago

Mittwoch der 8.November 2017. Bei strahlend, tollen Wetter landete der Jet in Chicago. Zeit 11.00 Uhr morgens. Jim in bester Laune bei diesem wunderschönen Herbsttag, freute sich auf das Wiedertreffen mit Francis Tenner. Er bestieg das Taxi, welches lückenlos, durch die Strassen der Millionenstadt schlängelte, und Jim ohne allzu grossen Verkehr, an die Promenade zum Pier 31 am Lake Michigan brachte.

Bezahlte den Taxifahrer mit einem angemessenen Trinkgeld, stieg aus, schlenderte mit langsamen schritten den Lakefront Trail nordwärts entlang, genoss zu aller erst die Sonne, die den Lake Michigan zum Glitzern brachte. Entschloss sich nach einer Weile in einem Kaffee auf der Terrasse Platz zu nehmen, bestellte sich ein kräftiges, verspätetes Frühstück und lies sich die Sonne weiterhin in sein Gesicht scheinen. Wirklich ein wundervoller Tag, Jim beobachtete die vielen Segelschiffe und Yachten auf dem Lake Michigan, welche wohl die letzten Tage nutzten bevor schlussendlich wirklich der Winter das Zepter in die Hand nahm. Er wünschte sich mehrere freie Stunden und Tage, nur für sich alleine, um solche Momente zu geniessen, anstatt in der immensen Arbeit zu versinken, wichtige Entscheidungen zu fällen, wie natürlich nicht anders, mit Don Brenner, welcher das letzte Wort fast immer Inne hatte. Mindestens 12 Stundentage, manchmal bis spät in die Nacht hinein, bekleidete sein Arbeitstag, Samstag und Sonntags meistens eingeschlossen. Auf die vielen Geschäftsessen und geschäftlichen Anlässe und Veranstaltungen konnte er auch gut und gerne mal verzichten, er hasste Diese. Jim nahm sich wieder vor, mehrere Stunden, warum auch nicht ganze Tage, für sich alleine zu beanspruchen, nur für sich alleine, um wie jetzt gemütlich an einer Promenade entlang zu schlendern, sich mit ganz normal arbeitenden Leuten zu unterhalten, oder ins Museum, Kino, oder auch in den Zoo zu gehen.

Alle Termine wurden ausdrücklich für den heutigen Tag ab 11.00 Uhr morgens abgesagt, oder der rechten Hand von Jim übergeben, Telefonate nahm er sowieso nicht entgegen. Nach der Stärkung lief er wieder in gemächlichen Schritten, in Gedankenversunken für die Gesprächsführung mit Francis Tenner, zum verabredeten Treffpunkt im Velvet Lounge Chicago.

Um 13.45 Uhr stand er beim Eingang des Restaurants, bewegte mehrmals den Kopf hin und her, nahm tiefe Atemzüge, er war reichlich nervös, stellte er fest, für einen Manager einer der weltgrössten Banken, gut, es stand viel auf dem Spiel, obwohl er nie so einen Auftrag erteilt hatte. Im widerstrebte es jetzt, innerlich solch einen Auftrag weiter zu geben an Francis, irgendwie bestand ein innerliches Band zwischen ihnen, eine Freundschaft die er nicht beschreiben konnte, obwohl sich beide selten sahen, genauer gesagt fast nie. Die Situation verlangte eine ungebührliche Aktion, es ging einfach nicht anders, wobei er einige Lösungswege suchte, er kam immer zu diesem Einen, endgültigen Entschluss, genau wie Don Brenner. Geld regierte die Welt, es war nun mal so, man konnte nie genug Davon kriegen. Der Circle ein Traumprodukt jedes Menschen, riesen grosse steuerfreie Gelder, das für wenige Leute vorbehalten war.

Aber der hauptsächliche Grund lag in der Ehre der Manager und der Grosskonzerne, und zu allerletzt, das Wichtigste, um ihre eigenen Köpfe aus der Schlinge zu ziehen, seiner war natürlich am wichtigsten, Allen voran. Wieso ließ er sich auf so eine dreckige Arbeit ein, die Risiken waren enorm für ihn, sogar existenziell, er durfte nicht zu lange darüber nachdenken, wollte aber zu einem späteren Zeitpunkt, für sich noch die nötige Antwort für den Grund finden.

Noch in Gedankenversunken, trat Jim automatisch ein, nahm an einem der Tische Platz, welcher ihm zusagte, und bestellte sich ein Mineral.

Nicht lange zuwartend, nach einigen Minuten, kam ein grobschlächtiger, übergewichtiger mit einem Bauchansatz und zerzausten schwarzen Haaren direkt auf ihn zugelaufen, zuerst erkannte Jim den Mann nicht, bis er lächelnd vor ihm am Tisch stand. Jim stand auf, reichte Francis Tenner Seine in die grosse entgegen gestreckte Hand.

„Hallo Jim, ich habe dich gleich von weitem wiedererkannt, ist eine lange Zeit her, schön dich wieder zu sehen, siehst immer noch schlank, gutaussehend aus, als ein Ankömmling einer langen Ferienreise, als wäre die Zeit bei dir stehen geblieben, hat nichts von dir abgerungen, unglaublich, nicht wie meinesgleichen."

„Hey Francis, ehrlich gesagt, ich erkannte dich nicht, wie geht's? setz dich nieder."

Francis Tenner nahm gegenüber von Jim Platz, für ein paar Sekunden beobachteten, schätzten und nahmen sich wahr.

„Bestell dir zuerst was, bevor wir ein bisschen über die alten Zeiten reden, geht natürlich aufs Haus. Hast du schon was gegessen?"

„Noch nicht, hab Bärenhunger, werde mir gleich was bestellen."

Der Kellner trat an den Tisch und nahm die Bestellung für ein Steak mit Kartoffeln und Salat entgegen, ausschliesslich grünem Salat, dazu ein Cola. Wobei Francis Tenner am liebsten ein Whiskycola bestellt hätte, die Versuchung und der Drang war da, aber liess zum guten Glück gleich wieder von ihm ab, er musste sich einfach für ein paar Stunden zusammenreissen.

„Francis, ich glaubte fast nicht, dass du ohne Kriegsverletzungen aus dem Irakkrieg kamst, da du so ein Draufgänger bist?"

„Jim sei froh warst du nicht dabei, einige Schrammen habe ich schon davongetragen, wobei Andere entsetzliche Kriegsverletzungen erlitten oder den Tod fanden, was vielleicht manchmal besser war.

Die Nachwirkungen vom Krieg sind nicht zu vergessen, die entsetzlichen wiederkehrenden Albträume, Schweiß gebadet in der Nacht aufzuwachen, Tagträume welche den Glauben machen im Krieg zu sein, Paranoia, sowie die Schlafstörungen nicht zu vergessen.

Wenn du vom Krieg zurückkommst, bist du ein anderer Mensch, der Staat hilft dir grundsätzlich überhaupt nicht, zudem hast du keinen Job, ausser eine niedrige Staatsrente, wovon du nicht leben kannst. Wie du weisst, bin ich ehrenhaft entlassen worden, in den sogenannten militärischen Ruhestand oder Pension getreten. Schluss und Endlich, hast du in finanzieller Hinsicht nichts davon. Aber ich bin schon Stolz für die Freiheit und für unsere Nation gedient zu haben.

Zuvor war der Enthusiasmus, jugendlicher Leichtsinn, etwas in der Welt zu verändern wollen, bis du in einem gewissen Alter aufwachst, die Dinge anders siehst, sowie auch den eigenen Staat hinterfragst. Jedenfalls hast du den richtigen Weg eingeschlagen Jim, Dies mit Erfolg, wie ich sehe und gehört habe." Nachdenklich hörte er Francis zu" Sicherlich hast du Recht, man macht als Aussenstehender gar nicht so viele Gedanken über den Krieg und die Folgen. Jedenfalls hatten wir viele gute Zeiten miteinander, denk nur mal an die vielen Ausgänge in die Stadt, da waren wir jung und strotzten nur so von Energie."

„Ja Jim, die schönen Dinge sollte man auch nicht vergessen. Den Einmarsch in Bagdad, sowie dann die Einnahme von Staatsgebäuden und des

Präsidentenpalastes, wo ich an der vordersten Front beteiligt war. Das Gefühl der Macht und des Sieges für unsere Einheiten war unbeschreiblich. Aber mit der Zeit lässt auch Dies nach, zum guten Glück waren wir die Sieger des Krieges, ich möchte nicht wissen was der verlorene Feind und Soldat für Gefühle empfand, in derer Haut möchte ich auch nicht stecken. Jedenfalls, die scheiss Hitze, die karge Landschaft, sowie die grossen Wüstenabschnitte waren zum kotzen, Dies setzte Einem wirklich richtig zu. So Jim erzähl etwas von dir, was hast du so getrieben, als wir uns das letzte Mal sahen?"

„Glaub so viele Erlebnisse und Ereignisse, welche du hattest, kann ich dir nicht erzählen. Meine Karriere ging wie von alleine Aufwärts, obwohl ich dir ohne weiteres sagen kann, den Biss habe ich von dir, du hast sehr viel für meine Kariere dazu beigetragen indirekt, ob du glaubst oder nicht. Spätere Zeit kam ich durch den bekannten Finanzmagnat Don Brenner, welcher du, und der ganze Staat kennt, zu mindestens die Finanzbranche, zu der Bläckybank&Investchase Groupe und habe die höchst führende Position Inne als CEO "wobei Jim nicht erwähnte, dass eigentlich Don Brenner resolut den Konzern leitete.

Ihm kam gleich der Gedanke auf, er könnte zugleich einen Doppelauftrag an Francis geben und weiterleiten, um sogleich, auch Don Brenner zu eliminieren. Unmöglich, es wäre zu viel des Guten und machte die Angelegenheit nur noch komplizierter.

Es war halt mal, nur ein Gedanke, aber amüsant zugleich. Er konnte gegebenenfalls auch noch später über diese Angelegenheit nachdenken. Und wenn er schon dabei war, wie über diesen Auftrag, wieso er so gedankenlos bei der Sitzung im Circle am Samstag so hervorpreschte.

Francis wurde langsam ungeduldig „Also Jim, komm zur Sache, um was geht es eigentlich?" während Francis den letzten Biss des durchgekauten Steaks herunterschluckte. Er hatte jeden Bissen des Essens genossen während des Gespräches und sein Magen dankte ihm dafür.

Er fühlte sich jetzt einfach so richtig wohl, es war eine lange Zeit her, dass er so überaus gut speisen konnte. Er sollte gescheiter Weise mehr seinen Magen mit Köstlichkeiten versorgen, als seinen Bauch überwiegend mit Alkohol zu füllen. Vielleicht ermöglichte es ihn, durch die gute Entlöhnung des Jobs durch Jim, wobei er sicher war, dass Dies der Fall sein wird, mehrmals in der Woche gut zu speisen, warum nicht, vielleicht standen die Sterne und die guten Zeiten wieder mal auf seiner Seite und in der richtigen Richtung, genauer gesagt an der Stelle.

Jim merkte, wie Francis Gedanken in einer anderen Welt versunken waren, bis Francis, ihn wieder direkt, fragend in die Augen blickte.

„Hör zu Francis, ich habe gleich in der Nähe ein Zimmer bestellt, dort können wir ungestört sprechen, OK?"

„Muss ja wirklich eine geheimnisvolle Angelegenheit sein, wenn wir es nicht hier besprechen können, wo fast keine Gäste anwesend sind."

„Ja Jim, es ist eine durchaus wichtige Angelegenheit, wo Stillschweigen und Loyalität notwendig ist, wie bei der Armee."

Beide standen auf, bezahlten an der Theke und begaben sich auf die Strasse hinaus, bis Beide sich kurze Zeit später in einer Luxussuite im Hyatt Regency am McCormick Place befanden.

Francis Tenner, welcher noch nie eine Luxussuite sah, vollzog eine Inspektion, er durchlief alle Räumlichkeiten auf dem hellroten durchpolierten Marmorboden, begutachtete die elektronischen modernen Flachbildschirme und Hightech Geräte, welche herumstanden, stellte mit Erstaunen fest, dass sogar im Bad über der Badewanne, ebenfalls an der Wand ein Flachbildschirm montiert war. Sogar eine Küche war vorhanden. Sage und Schreibe, auch mit einem Flachbildschirm an der Wand.

Eine Küche für was, dachte sich Francis.

Das Restaurant konnte in einem derartigen Hotel sicherlich nicht schlecht sein, ansonsten befand man sich in einer Grossstadt mit genügend Auswahlmöglichkeiten.

Die Aussicht durch die grosse Glasfront vom Wohnzimmer der Suite auf die grossen Seen war Grandios wie Spektakulär.

Die komplette Suite war grösser als Francis Wohnung, zumal vom Luxus gar nicht zu erwähnen.

Endlich nahm Francis Platz, dachte sich Jim.

Nach der Bestellung einer Flasche Wein und Cola, am Salontisch auf der Couch sitzend, führten sie schlussendlich das Gespräch weiter.

Bevor sie aber wirklich das Gespräch weiterführen konnten, fragte Francis Jim interessiert "Wieviel kostet diese Suite pro Nacht?"

Geradewegs antwortend"1000 Dollar."

„Die Woche?"

„Nein die Nacht."

„Wahnsinn."

„Also Francis zum Thema, wir haben uns nicht getroffen um ein verdammtes Hotel zu kaufen, um die Preise der Zimmer fest zu legen.

Francis ein wenig eingeschnappt" OK, um was geht's?"

„Francis, ich habe ein schwerwiegendes Problem, da bist du mir gleich in den Sinn gekommen, wie du sicherlich voraussahst und vermutetest, geht es um dein militärisches Können, Instinkt und Fachwissen usw. als US-Soldat."

Bist du immer noch so gut als Scharfschütze wie dazumal?"

„Francis wusste es nicht, da er längere Zeit nicht mehr Schiessübungen absolvierte, aber wie immer man sagte, gelernt ist gelernt, es ist nur eine Frage des Trainings. Francis log "Sicherlich, ich gehe mit meinen alten Kollegen aus dem Irak, einmal bis mehrmals wöchentlich mit der Waffe schiessen. Wie du weisst, als ehemaliger Berufssoldat ist es naheliegend, dass ich auch Waffen sammle, wie auch ein Scharfschützengewehr in meiner Sammlung vorhanden ist, wie verschiedenes Militärzubehör. Zudem konnte ich die Waffen aus der Armee behalten, wieso fragst du?"

Die Miene von Jim entspannte sich leicht, worauf Francis Gesicht sich zusammenzog, als er auf das anhebende Glas Wein von Jim blickte, welcher einen Schluck davon nahm. Sein Blick wanderte zur Weinflasche.

„Willst du auch ein Glas Wein, ist sicher keiner der schlechtesten, wobei nicht immer der Preis ausschlaggebend ist. Oder willst du den ganzen Abend Cola schlürfen?"

„Nein danke, Cola ist OK." Francis musste sich konzentrieren, auf gar keinen Fall ablenken zu lassen. Hoffte zugleich die Worte-(ganzer Abend) falsch verstanden zu haben, er empfand keine Lust stundenlang eine Besprechung abzuhalten, bis jetzt wusste er immer noch nicht um was für einen Auftrag es sich handelte. Innerlich spürte Francis ein starkes ziehen nach Alkohol. Musste Jim vor seinen Augen, gerade jetzt, genüsslich einen Wein trinken.

„Wie du meinst, ich möchte dich hier nicht voll labern, sowie einen Vortrag halten. Wir Beide sind alte Soldaten, obwohl ich nicht im Krieg war", zum guten Glück dachte sich Jim.

„Francis, ich brauche dein Ehrenwort unter Soldaten, dass dieses vertrauliche Gespräch unter vier Augen nicht den Raum verlässt so wie absolute Geheimhaltung."

„Hör zu Jim, für mich ist Das eine absolute Selbstverständlichkeit, auf meine Diskretion kannst du zählen, also schiesse los, um was geht's?"
Sinnbildlich drückten sich Beide mit den ausgestreckten Armen die Faust für einige Sekunden aneinander, als Zeichen der Zusammengehörigkeit und des Vertrauens. Ein Zeichen ihrer früheren Einheit aus ihrer alten Armeezeit.
„Nun gut Francis, es geht um folgendes, durch eine schwerwiegende kriminelle Handlung und mehreren Hacker Angriffen an der Bläckybank, sind wertvolle Informationen ab transferiert worden. Der Name des Hackers ist Danny Chester, für unsere Bank selbst total unbekannt. Chester ist gerade jetzt in Aktion getreten und erpresst unsere Bank auf Millionenhöhe.
Nochmals, die Informationen und Daten sind hochbrisant, die wertvollsten, internen und geheimen Daten der Bläckybank. Zudem sind auch noch zehntausende Kontodaten und Informationen gehackt und abtransferiert worden, wie auch von den reichsten Männern der Welt.
Dies blieb lange Zeit für uns unentdeckt, unglaublich, da Banken allgemein hohe Sicherheitsstandards haben, wie auch immense Summen für Sicherheitssoftware ausgeben.
Die Problematik besteht darin, dass wir, also die Bank, davon ausgehen das nicht nur eine Erpressung vorhanden ist, sondern noch ein Intellektueller Hintergedanken. Die absolute Problematik ist, wenn Chester nach der Geldübergabe die Informationen an

die Medien und der Öffentlichkeit weiterleitet. Die Bank ist von nun an absolut existentiell bedroht, eine nie dagewesene Situation in der langjährigen Geschichte der Bank. Diese und unsere Bank, die Bläckybank.

Don und ich überlegten und diskutierten eine lange Zeit, wie das Problem gelöst werden soll, und welche Massnahmen Sinn machten.

Wir Beide kamen zum endgültigen Entschluss, das Danny Chester in kürzester Zeit eliminiert werden muss.

Denn nach kurzer Überlegung, dachte ich sofort an dich, denn du bist die richtige und perfekte Person für Diesen Auftrag. Ich weiss, kann sein, dass für dich Das alles eventuell Unmissverständlich klingt und vielleicht auch das Ganze nicht nachvollziehbar ist. Ich bin direkt und ehrlich zu dir, könntest du dir vorstellen diesen Auftrag zu übernehmen, denn ich brauche heute noch deine Zusage oder Absage."

Betreff Erpressung der Bläckybank log Jim Stayli Francis Tenner an, denn bis jetzt wurden keine Forderungen von Danny Chester an die Bank gestellt, wie auch mit den gestohlenen Kontodaten, um der Angelegenheit mehr Nachdruck zu verleihen und die enorme Wichtigkeit darzustellen. Zudem konnte er schlechthin vom Circle erzählen und Francis darüber einweihen, absolut unmöglich und ein Irrsinn.

„Wärst du bereit diesen Auftrag anzunehmen?"

Jim merkte, wie sich das Gesicht von Francis wiederum verzog

"Im Irak?" fragte Tenner nach, welcher zu Beginn der endlosen Rede, jedenfalls für ihn, interessiert zuhörte, aber je länger Jim Sprach bemerkte er eine Müdigkeit und hörte auch nicht mehr richtig zu. In einer Bar, sehr wahrscheinlich, wäre er auf dem Tresen sofort eingenickt.

„Nein, hier in den USA, genauer gesagt in Detroit, wäre auch gar nicht so weit von Chicago."

Francis überlegte eine geraume Zeit, er wäre nie auf die Idee gekommen, dass Jim ihm einen Auftragsmord zuwies. Francis war ein wenig durcheinander und stellte Jim eine Frage „Jim ist die Geschichte wirklich wahr, oder bist du ein Opfer eines Verbrechens geworden und willst nun Rache an dieser Person. Erzählst mir die Geschichte als Vorwand, wenn ich das so sagen darf, oder was meinst du genau?"

„Nein Francis, Das verstehst du irgendwie falsch, es geht um die Bläckybank, die Geschichte ist wirklich wahr, der Konzern wird erpresst."

„Wie erpresst, durch einen Iraker?"

„Nein, verdammt noch mal, hör doch einfach mal zu, vergiss diese verdammten Iraker.

Er lebt in Chicago, scheisse du bringst mich durcheinander mit diesen Irakern, er lebt natürlich in Detroit wie vorher erwähnt, er hat illegale vertrauliche geheime Daten durch das Hacken unseres Computersystems an sich genommen, wobei für uns, also dem Konzern eine grosse Gefahr darstellt, wie auch für uns."

„Gibt es für solche Fälle nicht die Staatsanwaltschaft oder ein Gericht für diese Hackerangriffe?"

„Das Ganze ist viel komplizierter Francis als du dir vorstellen kannst, verstehe auch, dass du die wirtschaftlichen Zusammenhänge nicht nachvollziehen kannst, dein Beruf war immer Soldat gewesen, ich möchte echt nicht in die Details gehen."

Francis überlegte, wie kommt ein Großkonzern mit so einem bekannten Ruf, einen Auftragsmord auszusprechen, unglaublich, wirklich unglaublich. Francis war sich nur durch den Staat und der Erlaubnis vom Staat, wie durch die Legitimation und den Befehl, gewohnt zu töten.

Er war ein Patriot um für das Land zu kämpfen, da sah er denn Sinn. Wobei auch der Staat selbst Einem anlog. Einen US Bürger zu töten in den Vereinigten Staaten von Amerika, war eine ganz andere Sache und Dimension. Es war eine schwerwiegende kriminelle Handlung, würde ihn zum Status eines Verbrechers machen, wenn nicht schlimmstenfalls zum Gejagten, was ihm gar nicht gefiel."

„Hör zu Jim, ich hatte mir eher einen Job oder erfreulicheren Auftrag vorgestellt, als einen Auftragsmord, als du den Kontakt mit mir aufnahmst, was mich sehr freute. Um wieviel Geld wird denn die Bläckybank erpresst?"

Jim hatte sich das Gespräch einfacher vorgestellt, keine Ablehnung von Francis erwartet, er tat einfach zimperlich, er merkte wie Francis bald den Auftrag ablehnen würde, an seinem Verhalten, Antworten und Gesichtsmuster.

„Francis, wie vorhin gesagt, möchte ich nicht in die Details gehen, der Betrag geht in die Millionenhöhe und die Bank zahlt auch keinen Pfifferling an Chester, jedenfalls inoffiziell. Also Francis, nehmen und gehen wir, das mal hypothetisch an. Was würde der Preis sein für dich, um einen solchen Auftrag auszuführen?"

Der Kopf von Francis, kam zum Rotieren, er hatte nie mehr als 10 000 Dollar besessen, nannte dann sporadisch eine Summe von 100 Tausend Dollar, was für ihn eine Menge Geld darstellte. Er würde mit dem Geld und der Rente für eine längere Zeit gut leben können, im Ausland sehr wahrscheinlich wie ein König. Er hatte ein gewisses Alter erreicht mit knapp über 50, die Möglichkeit an so viel Geld zu gelangen in noch seinem restlichen Leben, ist eher unwahrscheinlich.

„Trotzdem, hör zu Jim, eigentlich lieber nicht, die Sache ist mir zu Heiss. Wenn du einen richtigen schweren Verbrecher erwähnt hättest, welcher sein Unwesen in den USA treibt, hätte ich eher den Auftrag angenommen, dies eine Art als Dienstleistung und Verpflichtung für die USA, wie privat für dich, verstehst du mich und das eigentliche Problem dahinter. Ich werde durch diesen Auftrag zu einem Kriminellen."

Jim verging das Lachen, das Gespräch lief komplett in eine ganz andere erwartete Richtung" Warte Francis, ich komme gleich wieder."

Lief zum Schlafzimmer, wo er seinen Aktenkoffer vorher abgestellt hatte, legte den Koffer auf den

Beistelltisch der Couch, wobei er ihre Getränke beiseiteschob.

Er öffnete langsam den schwarzen Koffer vor Francis Augen. Francis Augen vielen fast aus den Höhlen, kam aus dem Staunen gar nicht mehr heraus, einige Sekunden und mehr, schaute Francis in den Koffer ohne zu reden. Der Koffer war vollgefüllt mit Banknoten, zur Krönung lag mittendrin auf den Scheinen ein Goldbarren, der nur so glänzte, als wäre Dieser erst gegossen und poliert worden. Während Francis sprachlos in den Koffer schaute sprach Jim weiter. „Francis es geht tatsächlich um ein verdammtes Verbrechen, sogar ein schweres, welches du nicht ganz nachvollziehen kannst, das ist verständlich, dieser Typ ist ein richtiges Arschloch und Schwein, welcher eliminiert werden muss", Jim benutzte jetzt eher die harten schroffen Worte wie im Militär, „hier im Koffer sind genau 500Tausend Dollar, welche du gleich mitnehmen kannst wie den Einkilogramm Goldbarren, nach Erledigung des Auftrages erhältst du nochmals 500Tausen Dollar." Francis Blick war immer noch auf den Koffer gerichtet, die Worte nochmals 500Tausend Dollar hörte er aber ganz genau. Ein Lächeln fing von seinem Mundwinkel bis zu den Backen langsam abzuzeichnen, seine Augen strahlten. „Vergiss dann aber, ja nicht den zweiten Goldbarren beizulegen." Beide mussten laut lachen, und ein Stein fiel von Jims Herzen.

Beide gaben sich den Handschlag und nochmals die Faust, wobei dieser Einschlag unwiderruflich und endgültig war, in der Armee hatte man keine Zeit um Verträge aufzusetzen.

„Also gut, gehen wir die Details ganz genau durch, denn dir darf auf gar keinen Fall, einen Fehler unterlaufen, sonst sind wir letztendlich wortwörtlich alle am Arsch, wie ich und du, sowie auch die Bläckybank. Ich gebe dir jetzt alle Informationen über Danny Chester, wie Fotos, Unterlagen und Dokumente, gehen wir nun Punkt für Punkt den Auftrag durch."

„Alles klar" gab Francis zur Antwort, währenddessen er, immer noch, in den Koffer schaute.

16.Restlicher Zeitablauf am 8.November (Francis Tenner und Jim Stayli)

Nach der Instruktion und Planung mit Francis Tenner, flog Jim Stayli um 23.30 Uhr zurück nach Manhattan, von dem langen Tag, wie auch von den zähen Verhandlungen mit Tenner, schlussendlich mit Erfolg, war er erschöpft und ausgepauert. Morgen, am Donnerstag, konnte er wieder den Verpflichtungen und der Arbeit eines CEOs nachgehen, dessen seine Leidenschaft war, Jim Stayli fiel bald im Bordsessel in den Tiefschlaf. Währenddessen, nach Jim Staylis Abreise, sass Francis Tenner mit einem Whisky, wie zuvor an der gleichen Stelle, vor dem Koffer, traute seinen Augen immer noch nicht, durchwühlte das Geld mit seinen Fingern, fing mit der Zeit an, das Geld zu zählen, ob es wirklich 500Tausend Dollar waren, so ganz traute er Jim nicht. Er fragte sich, wieso Jim nicht 1000er Dollar Scheine in den Koffer legte, es wären dann genau 500 Scheine. Jetzt in Bündel gestapelt, waren es vorwiegend 100er Dollar Scheine, mit einigen, wenigen 1000er Bündel. Vielleicht wurde der Koffer so gefüllt, damit der Betrachter auch die Menge realisierte welches das Geld darstellte, wiederum könnte es auch aus Sicherheitsgründen sein, wer läuft heutzutage mit 1000er Dollarscheinen in der Gegend herum, wobei die meisten Tankstellen wie auch Läden Diese nicht mehr als Zahlungsmittel entgegennahmen wegen Betrug und Fälschungsgefahr. Jim hatte ihm ausdrücklich mitgeteilt, das Geld nicht bei einer Bank anzulegen, oder zu viel Geld auf einmal auszugeben, Dies würde in seiner gewohnten Umgebung erheblich auffallen, und Fragen mit sich ziehen. Auf gar keinen Fall hängige Schulden zu begleichen, auch zu auffällig. Als wäre Francis ein Verschwender, ausser beim Alkohol, stelle er leider zum 1000-mal fest.

Francis Tenner freute sich einfach, mit ein bisschen Geschick und Verstand, konnte er ein beachtliches Leben führen, tun und lassen was er wollte.

Der Goldbarren wirkte auf Tenner, um ein X-Faches mehr, als die vielen Banknoten, Dessen um einiges mehr Wert. Francis war im Gegenteil zu Jim Stayli überhaupt nicht müde, das viele Geld gab ihm eventuell die Chance sein Leben in eine neue Richtung zu lenken.

Zusätzlich der Erfolg seit Montagnacht keinen Schluck Alkohol mehr getrunken zu haben und der jetzige Nachholbedarf des Alkohols, wie der schnelle unvorhergesehene Reichtum ohne dafür etwas zu tun, putschten Francis auf und hielten ihn wach.

Er konnte diese Nacht in der Luxusbude verweilen. Jim meinte, er solle den Luxus geniessen wie auch die Suite voll auskosten, reich wäre er jetzt ja auch. Verdammt er hatte bisweilen gar nicht gross über den Auftrag nachgedacht, das hatte bis morgen Zeit, blendete die bevorstehende Arbeit aus den Kopf, lief mit der Whisky Flasche zum Luxusbad, lies warmes Wasser in die Badewanne fliessen, besser gesagt Whirlpool, bis es im ganzen Raum so richtig dampfte, wobei er schätzte und feststellte, dass tatsächlich drei Erwachsene Personen darin Platz fanden, vielleicht sollte er sich Schwimmflügel anziehen um nicht zu versaufen. Zog sich aus, stieg hinein, fluchte einige Minuten bis er die Bedienknöpfe fand, stellte auf Sprudeln, genoss einfach hier zu sein.

Das warme Wasser auf dem Körper und das sanfte sprudeln taten ihm gut, in seiner Wohnung konnte er sich nur mit einer Dusche begnügen, nach geraumer Weile drückte Francis auf die Tastatur, zappte durch den Bildschirm bis er den Sportkanal fand. Den Whisky trank er gemächlich in kleinen Portionen, es war für ihn seine eigene Medizin, der Alkohol, um zu vergessen und abzuschalten, denn ein neues Zeitalter brach für ihn an, er liess die Fantasie spielen mit seinem neuen erworbenen Geld. Francis nahm sich vor, noch eine lange Weile, in Diesem, für ihn wundervollen Badezimmer zu verweilen.

Plötzlich, mitten in der Nacht, wachte Francis Tenner mit leicht erschlafften Gliedern auf, durch das kalte Wasser, brauchte einige Zeit, bis er erkannte, realisierte, dass er nicht in seiner Wohnung, sondern in dieser Suite in einer Badewanne lag.

Schlaf-getrunken, wortwörtlich, schlenderte Francis ins Schlafzimmer, lies sich ins Bett fallen, zog die Decke über sich um sogleich wieder einzuschlafen.

17.Francis Tenner in Aktion, 9.November

Am Donnerstagmorgen um 6.07 Uhr wachte Francis zum zweiten Mal auf im Schlafzimmer, genoss noch eine Weile liegen zu bleiben im französischen Doppelbett ala Firstclass, drehte sich mit der Zeit hin und her, raffte sich dann, schlussendlich doch noch auf, lief zu allererst ins Wohnzimmer um festzustellen, dass Dies nicht nur ein Traum war, sondern Wirklichkeit, öffnete den Koffer, alles drin, als wäre über Nacht der Koffer wie dir nichts von Geisterhand verschwunden, schlimmstenfalls noch leer. Er streckte und dehnte seinen Körper, betrachtete einige Minuten lang durch die Panoramafenster die aufgehende Sonne, über den Lake Michigan. Fühlte sich seit langem, nicht mehr so unbekümmert, gedankenlos. Genoss einfach die wunderbare Aussicht, mit den verschiedenen farbigen grossen und kleinen Booten auf der See. Er nahm den angenehmen Geruch in der Suite wahr, im Gegensatz zu seiner nach Rauch, Alkohol und Wäsche geschwängerten Luft seiner Wohnung. Aber ein Geruch fehlte ihm jetzt am morgen früh, hier und jetzt, der Geruch nach feinem Kaffee, Dieser bestellte Francis gleich über das Hoteltelefon. Genoss weiterhin den angebrochenen Morgen, sitzend mit dem bestellten Kaffee und einer Zigarette im Mund auf der Couch mit dem Blick zur See. Das Rauchverbot missachtete er mit den Gedanken, dass bei einem 1000 Dollar pro Nacht Zimmer, das Rauchen gestattet und inbegriffen sei.

Danach liess Francis Tenner, es sich, nicht noch einmal nehmen, ein ausserordentliches Bad in vollen Zügen zu nehmen und zu geniessen, wieso auch nicht, vielleicht war Dies das letzte Mal, dass Francis in so einer Suite weilte. Absoluter Blödsinn dachte er sich, er hatte genug Geld, würde sicherlich ab und zu, sich den Luxus gönnen, wie auch sich verwöhnen lassen. Es brachen neue Zeiten an für ihn, genau ab heute und jetzt, ein neuer Lebensabschnitt, mit einer zweiten Chance.

Francis nahm sich vor, Dies zu sich selber, mehrmals zu sagen (die zweite Chance in seinem Leben), um zu realisieren wo er gerade neu als Person stand in dieser Welt. Seit 18, kannte er nur den Kampf, hartes Training, eiserne Disziplin, sich körperlich ans Limit bringen, Befehle entgegen zu nehmen und dem Staate dienen. Dies ist nun endgültig vorbei.

Er musste sein ganzes Leben lang unten durch, auch seine Kindheit und Jugendzeit war alles andere als gerade rosig. Francis wollte, musste diese Chance nutzen. Das voraus bekommende Geld von Jim, basierte auf absolutes Vertrauen, denn Jim ging davon aus, dass Francis den Auftrag auch wirklich ausführen würde, wenn er Dies nicht täte, würde Jim, Francis sicherlich nicht so viel Geld im Voraus überlassen. Denn es bestand ja die Möglichkeit den Auftrag gar nicht auszuführen, mit den Kröten einfach abzuhauen, auf die Nummer sicher zu gehen ohne Risiko, einfach den Auftrag sausen lassen,

500Tausend Dollar war eine Menge Geld. Francis spielte mit den Gedanken Dies zu tun, aber nochmals die gleiche Summe zu erhalten, reizte ihn mehr. Zudem gab Francis mit der Faust zu der von Jim, als Zeichen, das Soldatenehrenwort, welches für ihn unumstösslich galt, gar keine Frage. Solche Abmachungen unter Soldaten galt für Francis sein ganzes Leben lang. In der Militärbasis sowie im Krieg musste man sich auf seine Kameraden verlassen können, sonst war das Leben ein Pfifferling wert. Die Geldsumme garantierte Francis jetzt, mit der zusätzlichen Soldatenrente, für sein zukünftiges Leben finanziell ausgesorgt zu haben, eine Frage der Disziplinen und der Vernunft. Disziplin gelernt in der Armee, Vernunft nicht unbedingt, der Beweis gab ihm der Alkohol, welcher er garantiert nicht im Griff hatte, sondern umgekehrt. Francis stieg schwerfällig aus der heissen Badewanne, zog noch von gestern, die leicht feuchten liegengelassenen Kleider wieder an, einige Minuten später zog er die Eingangstüre der Suite hinter sich zu, mit dem Gedanken und Ziel ein ordentliches Frühstück zu nehmen, denn seit gestern Mittag war Dies die letzte Mahlzeit, er verspürte einen Bärenhunger. Im Frühstückssaal auf das bestellte Essen wartend, schoss er wie von Besinnen aus dem Stuhl, worauf er einige amüsierte Blicke der Gäste auf sich zog, lief zum Kellner, teilte ihm mit, er würde gleich wiedererscheinen, lief schnurstracks weiter zum Lift, welcher ihn wiederum zur Suite brachte. Wo hatte Francis nur den Kopf gelassen. Die Reinigungsequipe war schon unterwegs im Gang, welche auch einige Zeit später sein Zimmer erreichen würde. Francis trat ein, legte die Dokumente für den Auftrag in den Koffer, Dessen er noch nicht angeschaut wie studiert hatte, aber umso mehr das Geld und das Gold. Wie blöd kann er nur sein, den Koffer hier liegen zu lassen, hatte er nicht erst kürzlich von einer zweiten Chance in seinem Leben gesprochen, darüber nachgedacht und geträumt. Wenn Francis so den Auftrag ausführte ohne seinen Kopf bei der Sache zu haben, kam Dies einer persönlichen Katastrophe gleich, mit ungeahnten Folgen, dann gute Nacht. Er warf überall noch einen Blick in die Zimmer hinein, ob er etwas liegen oder vergessen hatte, verliess kurz darauf endgültig die Suite, natürlich mit seinem Koffer, um wieder an den Frühstückstisch zurückzukehren. Die Brötchen, Marmelade, Fleischplatte und der Kaffee warteten schon auf ihn, mit wässrigem Mund nahm er nochmals Platz.

Das Essen war ausserordentlich hier, er blieb einfach sitzen, genoss den Kaffee, während seine Hirnzellen für das weitere Vorgehen für diesen Tag nachdachten. Der Termin, welcher Jim vorgab für den Auftragsmord, war absolut kurzfristig und im roten Bereich, fast unrealistisch beim genauen betrachten. Er musste zuerst die Person observieren, seine Gepflogenheiten feststellen und wahrnehmen, beschatten, wenn das nötig wäre, nicht zu vergessen zu eliminieren. Wie war sein Name schon wieder, Chan Davis, oder, nein, genau Danny Chester.

Von der Wirtschaftskriminalität zum Auftragsmord, kam Francis Tenner in den Sinn, er konnte Dies immer noch nicht nachvollziehen, wie ein Grosskonzern auf so eine stupide Idee kam, Die haben doch alles, machen wegen einer Person die ihnen in die Quere kam so einen Aufstand.

Natürlich, im Irak hätte man diesen Dany Chester kurzerhand umgenietet. Anwaltskanzleien schossen zu Hauf in die Höhe, wegen Streitigkeiten irgendwelcher Art, dieser Konzern Bläckybank besass zu genüge Geld, um sich die besten Anwälte zu leisten. Wo käme man hin, wenn die Wirtschaft bei solchen auftauchenden Delikten und Problemen einen Auftragskiller engagierte, in einem, doch noch demokratischen Staat. Tenner konnte es nun egal sein. Wenn die Anwälte der Bläckybank und die Anwaltskanzleien, wobei er annahm, dass Jim und Don Diese auch kontaktiert hatten, wer auch immer, es nicht auf die Reihe brachten, wird er das Problem lösen mit seiner super Entlöhnung.

In anderen Länder wurden Leute umgebracht für weit weniger Geld, oder um einen stupiden religiösen Gedanken… Jedenfalls konnte er dankbar sein um diesen Auftrag, zugleich stolz, dass ein so namhafter und berühmter Konzern um seine Hilfe bat. Genau so, sollte er denken, positive Gedanken durch sein Hirn fliessen lassen, um auch hinter dieser Aufgabe und den Auftrag zu stehen.

Etwas über eine Woche gab ihm Jim Zeit, bis spätestens den 18.November.

Francis brauchte nur schon alleine, einige Monate, um wieder in seine alte Höchstform zu gelangen, Dies wusste natürlich Jim nicht. Dieser glaubte, Francis wäre immer noch, der Selbe, durchtrainierte Soldat mit ein wenig Bauch mehr, wie vor einigen Jahren. Jim befand, die geeignetste Lösung mit dem Scharfschützengewehr, welches durchaus berechtigt erschien, worin Francis in der Armee mit Abstand der treffsicherste und Beste war. Durchaus berechtigt von Jim, der Gedanke mit dem Scharfschützengewehr.

Jedenfalls, hatte immer alles einen Hacken.

Der Kontakt unter ihnen sollte für längere Zeit absolut unterbunden sein. Im allernötigsten Notfall vereinbarten Beide folgendes: Jim telefonierte von einer Telefonkabine um Francis auf sein Handy zu erreichen, oder umgekehrt rief Francis von einer Telefonkabine den Hauptkundendienst von der Bläckybank in New York an, wo er sich unter falschen Namen durchstellen lassen sollte zu Jim Stayli.

Der Kontakt, respektive das Gespräch, sollte kurzfristig gehalten werden. Beide vereinbarten einen einfachen Codenamen "Unterkunft" bei einem unausweichlichen Treffen, natürlich durften sie auf gar keinen Fall den Treffpunkt namentlich erwähnen per Telefon. Beide einigten und entschieden sich, für die Stadt Cleveland im US-Bundesstaates Ohio, gelegen an der Mündung des Cuyahoga River in den Eriesee.

Doch, eine grosse Stadt, mit der Einwohnerzahl um die 390Tausend, wo eine grosse, und für sie Beide,

eine relativ, hohe und wichtige Anonymität
beinhaltete.

Sie entschieden sich für ein unbekanntes Café mit
dem Namen Mels Café an der 1468 W 9th Street.
Nach dem Frühstück stieg Francis in ein Taxi, liess
sich nach Hause chauffieren, bezahlte die Rechnung
aus dem Koffer heraus, da er ansonsten zu wenig
Geld auf sich trug. Betrat im Gegensatz zur Suite
seine unordentliche Zweizimmerwohnung. Das
Wohnzimmer sah aus, als sei eine Party am Laufen
gewesen, und was für Eine, während seiner
Abwesenheit. Überall um das Sofa, wie auf dem
Tisch stand Geschirr, vorwiegend Gläser wie
Flaschen, Abfallsäcke quollen hinüber, Essensreste
und Kleider lagen am Boden verstreut, in der Küche
stapelte sich wie im Wohnzimmer das Geschirr bis
fast zur Decke. Im Schlafzimmer sah es nicht anders
aus. Die Wohnung roch nach Rauch, altem Essen,
getragenen Kleider, wie auf einer Mülldeponie. Die
ausgebrannten Kippen am Boden würden dem
Vermieter gar keine Freude bereiten, ein Wunder,
dass bis jetzt noch nie ein Brand entstanden war, da
Francis etliche male beim Fernsehen alkoholisiert mit
der brennenden Kippe einschlief bevor der Film
überhaupt zu Ende war.

Der Vermieter müsste doch etwas Geld in die Finger
nehmen, um die Wohnung wieder auf Vordermann
zu bringen. Francis wollte nicht mehr auf diese Art
leben, wollte mit der zweiten Chance die ihm
überraschenderweise geboten wurde, neu anfangen.
Somit begann Francis, zuallererst, die Wohnung

aufzuräumen und soweit in ordentlichen Zustand zu bringen.

Nach der Reinigungsaktion, die Uhr stand schon auf 13.14 Uhr, begab er sich ins Schlafzimmer, lief zur Rückwand vom Zimmer, hängte das Bild mit der Darstellung einer Ferieninsel mit langen weissen, endlosen Stränden mit Palmen in Thailand, wo er schon immer einmal hinreisen wollte, von der Wand ab. Von Auge nicht sichtbar betätigte er einen Hebel, eine eingelassen Türe ging auf, womit ein verborgener geheimer Raum zum Vorschein kam, in der gleichen Grösse wie das Schlafzimmer.

Im Gegensatz zur Wohnung waren die sauberen und eingefetteten Waffen schön aneinandergereiht an der Wand. Munition, ein Raketenwerfer, Handgranaten, Militär-und Tarnkleidung, wie andere Kriegswerkzeuge traten ins Bild.

Francis freute sich wieder einmal den Raum zu betreten, erinnerte ihn an alte Zeiten, Staub sammelte sich langsam an. Francis, einzig wertvollster Besitz vor einem Tag. Er griff nach dem Scharfschützengewehr mit der dazugehörigen Munition und verliess die Wohnung. Als Francis beim öffentlichen Schiessplatz ankam, Einer der Wenigen in gerader Nähe von Chicago, gut erreichbar mit dem Auto, begrüssten ihn die Kollegen mit: so hat es dich wieder gepackt, sieht man dich auch mal wieder, wie läuft es so, die Standartfloskel halt. Francis hatte keine Zeit für lange Gespräche und Hände schütteln, war eigentlich sowieso, nicht sein Ding.

Arbeit wartete auf ihn, und das nicht Wenig.

Er lief geradewegs zum Schützenstand, wo auf weite Distanz geschossen wurde. Schoss kniend, stehend und liegend, stellte immerzu das Gewehr neu ein, bis er jeden einzelnen Schuss nacheinander ins Schwarze traf. Dann folgten Bewegungsabläufe mit schiessen, er machte Liegestützen oder Kniebeugen um den Puls hoch zu jagen, um sogleich wieder zu schiessen, da sah das Ergebnis schon anders aus mit der Treffsicherheit.
Er schnaufte wie ein Nilpferd. Vor allem deswegen, da Francis, konditionell schnell am Limit war.
Der Bauchansatz, das viele Rauchen, der Alkohol, sowie kein Training und Sport machten ihm zu schaffen. Danach schoss er während dem laufen aus der Bewegung heraus, auch da war seine alte Treffsicherheit nicht mehr allgegenwärtig.
Er übte insgesamt über drei Stunden lang. Danach reinigte er die Waffen gründlich, ging zum Schützenhaus, liess sich bei einigen bekannten Gesichter am Tisch nieder, bestellte sich was zum Futtern, sprachen lange am Tisch miteinander über Waffen, alte Zeiten des Militärs, sowie auch über die Politik dazu, wie der Staat USA militärisch die Weltlage sah, da sich die Bedrohungslage massiv durch den Terror verändert hatte. Durch die hektischen Diskussionen lief die Zeit davon.
Um 23.30 Uhr trat Francis die Fahrt nach Hause an mit reichlich Alkohol intus. Einiger Zeit später, sass Francis vor den Fernseher und war soweit mit seinen Schiessübungen zu Frieden. Der Einsatz mit dem Scharfschützengewehr sollte Problemlos klappen,

dachte er sich. Tat dann die Whiskyflasche auf, dessen er unterwegs in einem Tankstellenshop gekauft hatte, mit der Idee einen gemütlichen Fernsehabend zu verbringen.

Für Strategien, Einsatzplanungen und Überlegungen für den Auftrag, sah er für heute keinen Sinn mehr.

18.Sitzung Don Brenner und Jim Stayli in der Bläckybank New York City, 9.November

Nach einer alltäglichen Sitzung am Mittag den 9.November in New York, bat Don Brenner, Jim Stayli um ein Gespräch unter vier Augen zu führen in seinem Büro, gleich nach dem Mittagessen um 13.00 Uhr.

Das Büro von Don, befand sich im obersten Stockwerk des Bürokomplexes, genau gesagt im 120 Stockwerk, und beanspruchte die komplette Etage. Beide begrüssten Lisa Melligen, Dons Chefsekretärin, im Empfangsraum.

Don erzählte Jim, dass Lisa seit 40 Jahren seine Chefsekretärin war. Der immense Papierkrieg ohne Lisa Melligen zu verrichten, unvorstellbar für Don. Zudem wusste Lisa immer wo die Unterlagen lagen, sie Beide ergänzten sich einfach in jeglicher Hinsicht und stellten absolut ein eingespieltes Team dar. Wenn Don früher in den alten Zeiten die Stelle wechselte und bei einer anderen Firma den neuen Job antrat, da kam Lisa Melligen mit, sie gehörte einfach zum Inventar, wie Don es zu nennen pflegte. Zudem besass Lisa Melligen die Vorzüge, dass sie eine von den wenigen Frauen war, ohne zickigem Verhalten und Getue, und Neid und Machtgehabe nicht kannte.

Wie Don, konzentrierte sie sich nur auf ihre tägliche Arbeit.

Don liebte ihre natürliche Art, welche sie in der langen Zeit in diesem Geschäft nicht verloren hatte, sowie auch mit der hohen Anstellung in der Bläckybank.

Beide durchlebten in den Jahrzenten hektische, turbulente und eine spannende Zeit und standen immer noch auf der Matte und Dies in der höchsten Position eines internationalen Grosskonzernes.

Don wechselte einige Worte mit Lisa, dann traten sie in das Büro von Don ein, eher einer Kathedrale gleich. Überall standen schwarze Marmorsäulen, dem Stil aus der Römerzeit übernommen, einige davon waren echt, von Don Brenner höchst persönlich hauptsächlich aus Italien vor Ort eingekauft, vor fast 50 Jahren, und welche per Seefracht verschifft wurden.

Heute wären diese historischen Säulen nicht mehr zu bekommen, ausser vielleicht auf dem Schwarzmarkt, um ein Vielfaches teurer, jetzt ein Vermögen wert.

Jedes Mal war Jim positiv überrascht.

Die Deckenhöhe war über 6 Meter hoch, anders als bei den gängigen Stockwerken des Gebäudes, und teils mit Glas überdacht, mit direktem Blick zum Himmel.

Eine geschwungene Stahltreppe führte von Dons Büro direkt auf das Dach, wo ein professioneller angelegter Garten sich befand, durch, und mit der direkten Anweisung und Inspiration von Don Brenner an die Gartenbaugesellschaft erstellt.

Don benutzte den Garten, welcher ihm Ruhe und Kraft gab, trotz der üblichen Beschallung einer

Millionenstadt zwischendurch vom Strassenverkehr und den Flugzeugen. Vor allem bei wichtigen, komplexen und strategischen Entscheidungen für die Bläckybank, traf man Don Brenner immer wieder in seinem Garten an. Er benutzte aber auch den Garten für persönliche Ideen und Inspirationen.

Ohne persönliche Erlaubnis von Don, den Garten zu betreten, kam einer Kündigung gleich.

Denn, die wenige innerliche persönliche Ruhe welche Don in seinem Job und langen mühsamen Arbeitstagen im Garten fand, waren für ihn ein Heiligtum.

Der grosse Arbeitstisch aus purer Eiche, der tatsächliche Arbeitsbereich von Don, stand acht Meter vor den riesigen Glasfronten mit der Aussicht über ganz Manhattan, zur Stadt Jersey City, zum Stadtteil Brooklyn, East River mit der Manhattan-Brooklyn-und-Williamsburg-Bridge... bis zum Atlantic hin...

Hinter dem Bürotisch befand sich eine grosse Eichenwand mit Regalen, in Denen zahlreiche Fachbücher über Wirtschaft, Börse und Recht standen, wie Fotos mit namhaften Grössen mit Don, welche noch lebten und schon verstorben sind, wie aus der Politik, Wirtschaft, Sport, Familie usw., sogar ein Bild mit allen 30 Mitgliedern vom Circle.

Ein altertümliches Sideboard befand sich auf der linken Seite vom Bürotisch, wo die aktuellen Dokumente und Verträge lagen, welche erst abgeschlossen oder in Bearbeitung waren.

Die restlichen Unterlagen wurden im Empfang bei Lisa untergebracht, für die sofortige Erreichbarkeit von Don, später dann archiviert im Kellergeschoss. Das Archiv war Riesig, kam einem grossen Müllschlucker gleich, welches nur beharrlich und widerspenstig die ewig gesuchten Unterlagen wieder preisgab mit seiner Dimension von 10 unterirdischen Stockwerken. Bei Ablauf von der gesetzlich vorgeschriebenen Rahmenfrist und Zeit, wurden die Unterlagen durch eine Eigens im Gebäude untergebrachte Maschinerie geschredert und verbrannt.

Nur in einem sogenannten Dokumententresorraum wurden noch alte Unterlagen aufbewahrt welche massgeblich die Geschichte der Bläckybank beschrieb und eine Rolle gespielt hatten, wie auch Unterlagen von bedeutenden Geschäftsabschlüssen usw.

Vor der Wand des Bürotisches stand ein grosser, massiver Sitzungstisch mit 12 Stühlen, wie auch der Bürotisch aus dunkler Eiche, im Kreis umgeben von mannshohen Kunstwerken aus Bronze und Chromstahl, eine Davon stellte Don Brenner dar. Beide nahmen abseits gelegen im Raum, auf zwei Sofas aus Seide Platz, mit einem kleinen Beistelltisch. Ausschliesslich für Gespräche unter vier Augen bestimmt. Wie beim Sitzungstisch, standen einige Bronze-und Chromstahlfiguren um die Sitzgruppe, die Personen darstellten, aus den letzten 2100 Jahren, welche massgeblich die Geschichte beeinflusst hatten, inklusive Don Brenner, als stille Beobachter und Zuhörer.

Don deutete auf die Wein und Zigarrenvitrine welche zwischen Napoleon und dem Hunnenkönig standen. "Jim möchtest du etwas trinken, oder eine kubanische Zigarre?"

„Wasser wäre eine gute Idee."

Don stellte eine kühle Wasserflasche mit 2 Gläser auf den Tisch.

„Also Jim, verbrachtest du noch einen restlichen schönen Sonntag in Boston mit Dr.Westermann? "

„Boston ist wirklich eine schöne Stadt, wir schlenderten eine Weile durch die Einkaufsgassen der Innenstadt, wobei wir uns nach einiger Zeit trennten. Ich führte ein Telefongespräch mit Francis Tenner, um folglich einen Termin zu vereinbaren, derweil Dr.Westermann seinem Goldhobby nachging, du kennst ihn ja. Kurzum, einige Zeit später, speisten wir vorzüglich im Restaurant The Palm Boston an der 100 Oliver Street.

He Don, hab's fast vergessen, du glaubst es nicht, als ich und Karl im Taxi sassen gesellte sich wie dir nichts, nicht anders vorgesehen, zugleich dein Freund Jeremis Knick-Fender zu uns, um ihn, in die Innenstadt mitzunehmen. Er bot uns zugleich eine Stadtführung an, welche wir dankend ablehnten, denn nach der langen Sitzung vom Circle wollten wir uns nicht noch stundenlang belabern lassen, kurzum wir tranken noch einen Kaffee mit dem Standpräsidenten, wobei Dieser nochmals seine herzliche Grüsse an dich ausrichtete."

„Unglaublich, er ist wie eine Zecke, er lässt einem nicht mehr los, er ist wirklich ein netter Kerl, er meint es gut, aber er hat irgendwie keine Grenzen, ich weiss nicht, wie seine Frau sein unaufhörliches Gerede aushält.

Ich weiss nicht, ich glaubte immer die Frauen reden so viel, hab mich anscheinend schwerlich getäuscht. Wenn wir schon beim Stichwort „du glaubst es nicht" sind, meine Limousine wurde aus dem Bläcky gestohlen, der Concierge wie auch der Hoteldirektor brachten mich fast in den Wahnsinn, Beide absolute Nieten. Ich glaubte nicht mehr aus dem Hotel fortzukommen."

„Unvorstellbar, Don bist du dir sicher, könnte es nicht möglich sein, dass ein Mitglied vom Circle dein Fahrzeug beanspruchte um an den Bostoner Flughafen zu gelangen."

Nein Jim, würde mich natürlich absolut freuen, wenn das Fahrzeug, auf so eine einfache Weise, wieder zum Vorschein träte, aber ich bin mir absolut sicher. Denn an diesem Sonntag, unterwegs nach New York, kehrten wir im Restaurant ein, danach kommen wir wirklich zum interessantesten Teil, betreff Bezahlen, wobei mir sogleich die Röte ins Gesicht schoss, als ich die Rechnung mit meiner Kreditkarte bezahlen wollte, als mir der Kellner mitteilte, dass die Transaktion mit der Kreditkarte, respektive die Bezahlung nicht möglich sei.

Nach mehrmaligen Zahlungsversuchen, das gleiche Resultat.

Jepp übernahm dann die Rechnung und bezahlte Bar.

So eine peinliche Situation erlebte ich seit Jahrzenten nicht mehr, ausser in meiner Jugend-und Studienzeit, wo das Geld natürlich noch rar war.
Ich als Banker und Manager einer weltreichender Grossbank usw. zahlungsunfähig, unglaublich unmöglich.
Ich nahm sogleich telefonischen Kontakt mit Lisa Melligen auf, als mir die Röte zum zweitenmal ins Gesicht schoss und sich steigerte, als ich erfuhr, dass von meiner Karte 19 420 Dollar Bar in der Sonntagnacht an einem Bankomaten abgebucht wurden. Das heisst, die Monatslimite von 20 000 Dollar wurden voll ausgereizt.
Zuerst verstand ich nicht die Situation, wie Das möglich sei, als ich dann alsbald begriff, dass ich meine Handtasche in meiner Limousine liegen liess. Wie du weisst, habe ich aus Gewohnheit eine Zweitkarte in meiner Hemdtasche auf mich, welche ich, immer auf mir trage.
Jedenfalls, als älterer Mann, und als schlechtes Vorzeigebeispiel von Kartenbesitzer, habe ich die Pins auf einen Zettel geschrieben und bei den Karten in meiner Handtasche aufbewahrt.
Bei der Überprüfung der anderen Kreditkarten, wurde festgestellt, dass nahezu 75 000 Dollar abgebucht wurde.
Also ein Weihnachtstag und ein Geschenk für den Dieb, und im Gegenzug für mich ein grosses Ärgernis. Jedenfalls wurden die Kreditkarten sofort gesperrt und neue bestellt.
Eine absolute Lernstunde für mich."

Ungeheuerliche Geschichte, Don, dem Fall, ist somit alles klar, dass dein Fahrzeug gestohlen wurde, vor allem mühsam, wenn das Geschäftsfahrzeug im privaten Besitz ist.

„Den Diebstahl, wird wohl deine Versicherung übernehmen?"

Jim, das Fahrzeug ist auf das absolute Minimum versichert. Ich habe genügend Geld, um etwaige Schäden selbst zu bezahlen und auch keine Versicherung bringt mir das Fahrzeug wieder zurück. Würde mich schon interessieren, was der Dieb, mit dem Fahrzeug anstellt und vorhat, da Dieses eine absolute Rarität ist.

Denn, in dieser Form, ist das Fahrzeug fast unverkäuflich, jedenfalls in den USA, im Ausland sieht es anders aus, die Araber stehen auf solche Fahrzeuge, hauptsächlich mit einem Mercedesstern oben drauf. Mit den heutigen Kommunikationsmitteln und dem Internet, wie auch mit den internationalen Transporten von Frachten mittels Container und Häfen aller Welt, ist es spielend leicht, eine solche Limousine zu verschiffen, dass zu einem kostengünstigen Preis.

Wie auch immer, weiter im Text, zum tatsächlichen Gespräch, du hast schon den Punkt angesprochen mit Francis Tenner, warst du erfolgreich?" fragte Don interessiert.

„Ja Don, die Sache ist am Laufen, Francis erledigt den Auftrag bis spätestens zum 15.November, somit ist auch die Zeitvorgabe klar."

„Von wo kennst du diesen Mann? Kann man sich garantiert auf ihn verlassen? Ein hohes Risiko besteht darin, dass wir und die Konzerne, im Nachhinein in eine Art Erpressbarkeit fallen. Genauer gesagt, im Nachhinein zusätzlich erpressbar werden und Dies in einer noch übleren Art."

„Ich kenne Francis Tenner aus der Militärzeit, habe absolutes Vertrauen zu ihm, wobei eine langjährige Freundschaft und Verbindung besteht, vor allem ist Francis loyal und hält seine Versprechungen. Don, du warst ja selber in der Armee, weißt vielleicht selber noch, was ein Versprechen unter Berufssoldaten bedeutet, Dies gilt in der heutigen Zeit immer noch und hat Bestand. Sein Leben lang war Francis Berufssoldat, bekleidete keinen anderen Job oder Tätigkeit, heute ist er im Ruhestand und somit aus der Armee mit etlichen Auszeichnungen und Orden für die US-Armee ausgeschieden. Er ist absolut Integer und unser Mann. Die Idealperson für diesen Auftrag."

„Denk dran Jim, wie du sagtest, Francis ist Berufssoldat, kein Profikiller, ich habe da ein bisschen bedenken."

„Das kann ja schon sein, wir Beide kamen auch auf diesen Punkt zu sprechen, Francis meinte: es bestehe keinen Grund zur Sorge, er werde akribisch und professionell vorgehen und handeln. Was auch noch sehr wichtig ist, seine Loyalität ist sehr ausgeprägt. Bei einem Berufsverbrecher ist wirklich die Möglichkeit vorhanden, wobei wir nicht wissen, wer und was für Personen noch dahinter sind und stecken, Diese, durch das Wissen und Informationen, gegen uns ausnützen könnten, um wiederholende und unaufhörliche Erpressungen vorzunehmen. Welches natürlich in ungeahnte Bahnen laufen könnte.

Nein, Tenner ist wirklich unser Mann."

„Also Jim, ich gebe mich mit dieser Antwort zu Frieden, du wirst ausschliesslich diese Operation leiten, je weniger Davon wissen umso besser. Denn, die Clubmitglieder vom Circle zu involvieren und zu informieren bringt überhaupt nichts. Du hast ja die Reaktionen in der Sitzung gesehen und gehört. Die wissen gar und überhaupt nichts, was auf dem Spiel steht, die Mitglieder haben nur das verdammte Geld im Kopf sonst nichts. Die sind zu blöde um zu begreifen, dass gerade jetzt, in diesem Augenblick, es um ihre Köpfe und Kragen geht, dass, im wörtlichen Sinne. Das ist nicht, einfach nur Gelaber. Ich bin stolz auf dich, denn du hast die Lage und die Situation begriffen und den einzig richtigen Vorschlag vorgetragen. Auch wenn diese Situation und dieser Auftrag keine schöne Angelegenheit ist.

Jedenfalls, so oder so, wirst du, für deinen Einsatz und damit verbundene Arbeit, auch dementsprechend belohnt, das ist gar kein Thema für mich, und steht ausser Frage.

Für das Desinteresse der anderen Circlemitglieder suche ich noch eine gebührende Abstrafung, wie es aussieht, geht Dies nur mit, oder über das Geld. Wenn wir schon beim Thema Entlöhnung sind, wieviel Geld hast du Francis Tenner angeboten?"

„Danke Don für dein entgegengebrachtes Vertrauen. Ich war selber sehr überrascht, über das Verhalten und der Denkweise der Mitglieder, wie du erwähntest. Die wissen wirklich nicht was Sache ist. Ich bin vielleicht auch zu Direkt mit meinen Erläuterungen, wie Argumentationen gewesen am Sonntag in Boston. Ich kann natürlich in gewisser Hinsicht auch in die Mitglieder hineinfühlen, denn, wenn wir es direkt ansprechen, sprechen wir von Mord, einem Auftragsmord. Gut, ich bin mir als Soldat eine gewisse Skrupellosigkeit gewöhnt. Schauen wir das Problem einfach aus einer anderen Sicht und Sichtweise an, und nennen es Selbstverteidigung der Grosskonzerne und der Konzernbosse an," wobei Jim schmunzelte bei den Worten Selbstverteidigung der Konzernbosse.

„Zudem ist das stehlen von Daten und Informationen, wie bei der Bläckybank, eine kriminelle Handlung und eine daraus resultierende Erpressung schwerwiegend.

Um wieder zu deiner Frage zurück zu gelangen, genau 500Tausend gab ich Francis Tenner per sofort, die restlichen 500Tausend erhält er nach Erledigung des Auftrages, "vom Gold erwähnte Jim nichts, Don sollte und musste nicht Alles wissen."

„Den Preis finde ich korrekt. Hör zu Jim, wenn irgendwelche Probleme auftauchen, kontaktiere mich unverzüglich, um jede Uhrzeit, wenn auch mitten in der Nacht. Jedenfalls sollten und dürfen wir, auf gar keinen Fall, per Telefon oder elektronischen Hilfsmittel wie Emails darüber

kommunizieren. Ich glaube Das ist für uns Beide klar.
Ich schlage vor, wir treffen uns dann, hier in der
Firma. Erwähne als Stichwort (die Sache) und nicht
mehr, dann ist alles klar, woraufhin wir uns im
offiziellen Sitzungsraum Nr.12 der Firma treffen.
Was meinst du dazu Jim, oder hast du einen
besseren Vorschlag?
Hoffe für dich, und Francis Tenner, ist Dies auch klar,
betreff der Kommunikationen?"
„Nein, alles klar soweit, für mich. Betreff dem
zweiten Punkt der Kommunikation, haben Francis
und ich, diesbezüglich, eine Abmachung und einige
Vorsichtsmassnahmen getroffen," gab Jim zur
Antwort.
„Wenn du mehr Geld brauchst für die Operation,
wobei Operation militärisch klingt, mit Absicht das
Wort gebraucht, oder irgendwas, hast du absolute
freie Hand und Spielraum. Ich vertraue dir Jim, unser
aller Ruf und Kariere liegt jetzt in deiner Hand. Ich
sage und erwähne es dir nochmals, du kannst mich
jeder Zeit kontaktieren, du kannst auf mich zählen.
Für mich, ganz Persönlich, ist es nicht mehr so
tragisch, wenn die Sache hops geht, denn ich habe
mein Leben gelebt, und das Reichlich.
Ihr dagegen, wie du und Karl, verglichen zu mir, seid
ihr noch jung. Trotzdem, bin ich überhaupt nicht
daran interessiert und erpicht, dass die
Angelegenheit ausser Kontrolle gerät und in eine
Katastrophe mündet.
Ich und wir Alle haben einen guten Ruf zu verlieren,
die Konzerne schon gar nicht zu erwähnen, da bin ich

schon Geschäftsmann genug, wobei die Konzerne immer an erster Stelle stehen vor einem Selbst, nicht wie die Meisten in ganz hohen Positionen, sich an erster Stelle sehen und den eigenen Profit.

Wie dem, auch so sei, denn, einen unschönen, miserablen und katastrophalen Abgang meiner Kariere wünsche ich mir auf gar keinen Fall. Dementsprechend setze ich alles daran, um einen dementsprechenden Abgang zu verhindern.

Denn dieses Jahr, oder spätestens im Frühling, am 23.Februar, meines Geburtstages, wobei ich 85 Jahre jung werde, wie du weisst, jung als kleiner Witz, trete ich von all meinen Mandaten ab. Wie als Verwaltungsratspräsident von der Bläckybank und auch vom Circle, wie auch von den anderen Mandaten und Positionen von Firmen und Konzernen. Vielleicht werde ich in das zukünftige Geschäft von Karl einsteigen und nach Gold suchen in Alaska."

Beide kamen gleichzeitig, wieder einmal zum Lachen, bei dem Gedanken an Karl.

Jim liess Don Brenner einfach reden. „Nach meinem Rücktritt, werde ich nur noch als Berater fungieren, für grosse und kleine Firmen, welche mein Fachwissen und Erfahrungen benötigen und auch zu schätzen wissen. Damit wirst du Jim, zu einer der mächtigsten Menschen der Welt, im Bank und Finanzwesen.

Denn ich werde im Verwaltungsrat bestimmen, dass du garantiert den Posten als

Verwaltungsratspräsidenten erhältst, damit bekleidest du beide Sitze.

Den Vorsitz und den Posten des Verwaltungsratspräsidenten des Circles, wird fast zu hundertprozentig mein langjähriger Freund Jep Den Wipperis übernehmen, wobei er auch die nötigen Erfahrungen und Kenntnisse des Circles besitzt, wie auch die jetzigen Transaktionen der UIC vollzieht und die Mitgliederkonten führt. Beratend stehe ich Betreff des Circles immer zur Seite, bis zum Ende meines Lebens, dass ist klar. Jep ist seit langem, über meinen bevorstehenden Rücktritt informiert, aber für die Übernahme des Circles, respektive Betreff den Posten als Präsidenten, muss ich mich, mit ihm noch unterhalten.

Seit geraumer Zeit, immer steigender grosser Druck, fiel von Jims Schulter, und verspürte den Druck auf seiner Brust und Lunge, wie auch das beengende Gefühl auf seiner Luftröhre nicht mehr, denn endlich wusste er über den Abgang von Don Brenner Bescheid, sowie den zirka genauen Zeitraum.

„Verstehe Don, bin tatsächlich überrascht von deinem bevorstehenden Rücktritt, wobei, du bis jetzt, nie ein Wort darüber verloren hast, bin fast ein bisschen Sprachlos. Damit geht eine grosse Legende der Finanzindustrie verloren und in den Ruhestand. Ich dachte du würdest bestimmt noch bis zu deinem 90. Geburtstag in der Firma bleiben in dieser Funktion."

„Jim, ehrlich gesagt, ich habe mich kurzerhand entschlossen, ich bin jetzt 84, für mich ist die Zeit gekommen um zu gehen.

Denn für meinen Geist und Körper wird es immer zäher, die Arbeit professionell zu verrichten, wie es meiner Funktion es sich gehört mit der grossen Verpflichtung und Verantwortung zur Bläckybank. Ich gebe den Platz frei, für einen jüngeren Menschen mit Ausdauer und neuen Ideen, welcher den Konzern in eine neue Richtung bringt, wie führt.

Genauer gesagt an dich, du besitzt das nötige Rüstzeug und das Knowhow, dessen du mir, wieder abermals an der Sitzung bestätigtest. Wie auch immer, ich möchte mich mit den Annehmlichkeiten Lebens beschäftigen wie die ganz normalen Bürger und mir ein neues Hobby zulegen, da habe ich schon meine Ideen dafür. Ich hoffe, der Ruhestand tut mir gut, da ich eigentlich nur die Arbeit und das Finanzwesen in meinem Leben kenne."

„Ganz bestimmt, es braucht vielleicht eine bestimmte Zeit dafür Don, ich wünsche dir im Baldigen neuen Lebensabschnitt viel Glück dafür, jedenfalls musst du dir, nicht allzu viele Gedanken über die Angelegenheit Chester machen, der Auftrag ist am Laufen und nochmals, Francis Tenner ist der richtige Mann dafür."

„Ich hoffe Jim. Danke. Also, somit ist alles besprochen, wir sehen uns."

„Na klar, ich halte dich am Laufenden."

Don begleitete Jim noch bis zum Empfang, verabschiedeten sie sich sogleich, um ihren geschäftlichen Aktivitäten nachzugehen. Im schnelllebigen Geldbusiness warteten die Kunden und das Geld nicht, bis Es, in angeblich lukrativen Investitionen angelegt wurde, wie auch in den anderen Branchen, war im Bankensektor die Konkurrenz gross.

Lisa war am Computer beschäftig, als Don sie ansprach, „Ich hätte für dich noch ein paar kleinere Aufträge zur Erledigung, pressieren nicht, wäre aber dankbar, um dessen Ausführung in dieser Woche. Die Zustände im Hotel Bläcky sind katastrophal. Sende dem Hoteldirektor Salvet eine schriftliche Verwarnung und eine Kündigungsandrohung. Schreibst in das Schreiben, kurz und bündig, Betreff und Gemäss, persönlicher Besprechung mit Verwaltungsratspräsident Don Brenner direkt an Ort und Stelle mit Hoteldirektor Herr Salvet am 5. November usw. und sofort.
Zugleich, veranlasse bitte, bei der Personalverwaltung, eine Lohnerhöhung beim Chefkoch Salvatore im Bläcky um 100 Dollar über den Lohn des Hoteldirektors. Dieser Mann leistet seit Jahren im Bläcky hervorragende Arbeit, dazu schreibe noch eine Dankeschön-Karte für die geleistete Arbeit im Bläcky an den Chefkoch Giovanni Salvatore, möchte aber die Karte persönlich unterschreiben. Ach noch etwas, teile zudem, dem Personalbüro mit, persönliche Anordnung von mir, wenn es mit Salvet nicht klappen würde,

dass Herr Salvatore als zukünftiger Hoteldirektor vorgesehen ist."

„Don, da trafst du aber einige unzumutbare Zustände im Bläcky an, denn bei dir braucht es schon was, bis du so reagierst und solche Massnahmen einleitest."

„Frag einfach nicht danach, man stahl meine geliebte Mercedeslimousine aus der Tiefgarage, nach der Sitzung vom Circle sollte das Hotel für eine Woche geschlossen sein, der Concierge wie Hoteldirektor sind zwei Schlafkappen und Taugenichts usw...."

„Don, tut mir leid für dich, ich weiss, du liebst dieses Fahrzeug, ich hoffe, Es kommt bald wieder zum Vorschein."

„Die Tiefgarage selber, war nicht mit einer Alarmanlage gesichert, dass ist heute doch Standard bei einem 5 Stern Hotel, da ja meistens, mit teuren Fahrzeugen und Limousinen vorgefahren wird. Mir ist gerade noch ein Gedanke eingefallen, lass bitte die Ausbuchungsrate vom Hotel nachkontrollieren von den letzten 3 Monaten, bin gespannt auf das Ergebnis. Leg mir bitte die Unterlagen einfach auf den Tisch."

„OK, du willst es aber wissen," meinte Lisa.

„Ja stimmt. Das Hotel kommt mir immer wieder in den Sinn. Ich kann Dies nicht auf mich sitzen, und schon gar nicht auf mich beruhen lassen. Noch ein dritter Punkt, der Letzte. Informiere die Angestellten unten an der Rezeption, bitte darüber, dass Alle in Stellvertretung von mir, Jim und der Bläckybank, beim Stadtpräsidenten von Boston zur Silvesterparty eingeladen sind.

Die Anwesenheit dort ist Pflicht, ausser bei nachvollziehbarer Begründung.

Kost, Unterkunft und der Firmenjet werden von der Bläckybank zur Verfügung gestellt."

„Da werden sich aber Einige darüber freuen."

„Ich hoffe es, die Rezeption soll sich als Management der Bläckybank ausgeben, und sich auch darauf einstellen, sowie die entsprechenden Kleider dazu tragen usw....Also viel Glück Lisa, wir sehen uns noch."

„Danke Don, bis später," als Don gerade halbwegs die Türe zuzog.

19.Francis Tenner in Aktion, 10. und 11.November

Am nächsten Morgen, erwachte Francis Tenner im Sessel, vor den laufenden, dröhnenden Fernseher. Ein Vorteil für ihn, er musste sich nicht mehr anziehen. Obwohl, zu mindestens, das T-Shirt musste er wechseln, denn Dies, roch enorm nach Alkohol und Schweiss.

Der Plan für Heute, war folgender: einen günstigen, billigen Kastenwagen kaufen, stattdessen einen zu klauen, was Jim vorschlug, denn seiner Meinung nach, barg das schon enorme Risiken am Anfang der Operation.

Und wieso überhaupt, kam Jim auf so eine stupide Idee. Danach die Waffen schussbereit und geladen vorzubereiten, das Fahrzeug mit den Waffen und dem allerlei Militärzubehör, wie private Kleidung usw. unauffällig beladen vor den neugierigen Nachbarn.

Er befand zudem, das meiste Militärmaterial mitzunehmen, er konnte es zeitlich nicht erlauben, sowie leisten, nochmals zurückzukehren, um vergessenes Material zu holen, oder irgendwo Waffen und Munition zu organisieren.

Die Zeit war absolut zu knapp, absolut.

Er wollte die Operation professionell planen und organisieren, wie es einem Profi der Armee gehörte.

Francis ermahnte sich nebenbei noch, dass die USA

kein Kriegsschauplatz, und der Auftrag im eigenen Land war.

Nach der kompletten Beladung sass er an seinen Bürotisch um die Akte Danny Chester und die zusätzlichen Informationen welche Jim niedergeschrieben hatte zu studieren an.

Letztendlich, sah er die Abfahrt nach Detroit für morgen um 8.30 Uhr vor.

Francis legte die Papiere über Danny Chester beiseite, viel Gescheites stand nicht darin, geschweige von genügend Informationen.

Er hoffte, mehr über die Hackerangriffe und die geklauten Daten zu erfahren, fand aber kein einziges Wort darüber, in keinem einzigen verdammten Blatt.

Ganz klar, die Bläckybank wollte ihm, die genauen Beweggründe und Hintergründe für die Eliminierung von Danny nicht mitteilen.

Unglaublich.

Er musste sich auf die Worte von Jim verlassen und begnügen, passte ihm ganz und gar nicht. Für ihn bedeutete es viel, warum er Danny Chester aus dem Weg räumen sollte, umso mehr, er persönlich hinter seinen Handlungen und den Auftragsmord stehen konnte, desto besser für sein inneres Gewissen, nur die Bezahlung von 1-Million Dollar und Gold reichte ihm eigentlich nicht aus.

Nun gut, die Situation ist halt mal so, und erfordert darauffolgend auch taten, er gab Jim das Ehrenwort.

Jim nochmals zu kontaktieren, machte keinen Sinn, da er mit einer nochmaligen unzufriedeneren

Antwort rechnen musste. Zumal auch Jim, ausdrücklich mitgeteilt hatte, nur bei einem Notfall, die Kontaktaufnahme zu vollziehen.

Zum guten Glück befanden sich einige sehr gute und aktuelle Fotos von Chester in der Akte, mit unterschiedlichen Nahaufnahmen.

Denn, eine Verwechslung kam einer Katastrophe gleich.

In Gedanken versunken drückte Tenner automatisch den Knopf der Fernbedienung des Fernsehers, suchte so lange nach einem geeigneten Film, bis er bei American Pie angelangte. American Pie war jetzt genau das Richtige, ein humorvoller Film, denn auf einen Krimi, Action oder Kriegsfilm hatte er überhaupt keinen Bock, denn, in den nächsten Tagen würde er zu 100 % genug Aktion erleben.

Eine wohltuende Ablenkung für seinen Kopf, denn er merkte wie zunehmend der Druck schleichend für diesen nicht alltäglichen Auftrag zunahm. Viele Fragen blieben offen, und unvorhergesehene Faktoren waren vorhanden, für die Bewältigung dessen Auftrages.

Seine Stimmung erhellte sich nach dem Film, brachte ihm Entspannung, machte ihn müde, er erwischte sich sogar dabei, dass er ab und zu, lachte.

Der Alkoholkonsum behielt er den ganzen Tag zu seiner Zufriedenheit gut unter Kontrolle, während dem Film trank er lediglich zwei Bier, er musste morgen und in den nächsten Tag absolut fit sein, gar keine Frage. Er vereinbarte mit sich selbst, den

Alkoholkonsum auf das Minimum zu beschränken, denn er durfte auf gar keinen Fall Versagen.

Er ging nun um 23.00 Uhr zu Bett, denn Morgen begann die wirkliche Arbeit. In Gedanken versunken blieb Francis lange Zeit wach, starrte die Decke an, fand einfach keinen Schlaf, wälzte sich hin und her, ging zwischendurch eine rauchen, bis er schlussendlich um 2.00 Uhr morgens seinen Schlaf fand.

11.November. Francis stand erstaunlicherweise wie von Geisterhand aufgeweckt, um Punkt 7.00 Uhr genau auf. Sein Körper fühlte sich Gelassen und Erholt an, er hatte tatsächlich nach 2.00 Uhr morgens den Tiefschlaf gefunden. Er nahm sich vor, die Gelassenheit für den ganzen Tag aufrechtzuerhalten, besser gesagt und warum nicht für die ganze Operation und für sein restliches Leben, denn bei Stress, Druck und unüberlegtes handeln passierten die meisten und groben Fehler.

Er zog ein paar blaue Jeans, brauner Wollpullover, dunkelbraune Winterjacke, sowie ein paar moderne braune Arbeitsschuhe an, sowie eben halt der durchschnittliche Amerikaner gekleidet war.

Alle Vorbereitungen für die Abfahrt hatte er vorgesorgt, ohne noch lange zu überlegen und verweilen in der Wohnung, trat Francis aus der Wohnungstür, stieg in seinen Kastenwagen und brauste davon. Francis schätzte für die reine Fahrzeit von Chicago nach Detroit, auf fünf bis sechs Stunden ein.

Die Stadt Detroit selber kannte er nicht, besuchte sie zweimal insgesamt, mit paar Kollegen auf den nationalen bekannten Automessen.

Also eine Grossstadt, die er absolut nicht kannte, nur wenig Zeit um den Auftrag auszuführen, Dies machte Francis Sorgen und Kopfzerbrechen.

Also ein absolutes, unbekanntes Terrain für ihn, diese Grossstadt Detroit mit um die 680 Tausend Einwohnern. Zum guten Glück, keine Millionenstadt. Liegt direkt an der kanadischen Grenze, am Detroit River zwischen dem Lake St. Clair und dem Eriesee. Die Fläche umfasst 320.02 Quadratkilometer, grösste Stadt im US-Bundesstaat Michigan, mit 82.7 Prozent Afroamerikaner, einer der grössten schwarzen Gemeinden.

Mit den Afroamerikanern kam Francis meistens immer gut aus, da eine grosse Anzahl auch in der Armee vertreten war, mit dem gleichen Sinn, Zweck und Ziel, dem Vaterland zu dienen.

Jedenfalls, nach kurzer Fahrtzeit, hielt Francis am Strassenrand an, nicht einmal die Stadtgrenze Chicago verlassen, dachte sich Francis und fragte sich warum er mit angezogener Winterjacke am Steuer sass, jetzt Diese auszog und sich den Schweiss von der Stirn wischte.

Die Fahrt konnte nun endlich wieder weitergehen, er hoffte jetzt ohne Unterbrechungen, die Zeit war knapp.

Francis erreichte nach kurzer Zeit den Highway 90 East, fuhr danach weiter auf dem Highway 94, verliess Diesen schon nach anderthalbstündiger

Autofahrt um in der Stadt Michigan City einige Besorgungen zu erledigen.

Nach kurzer Zeit fand er auch den Laden an der E Barker Ave, es war ein bekannter Verkleidungs-und Kostümladen, recherchiert aus dem Internet.

Dort deckte er sich mit Perücken, Schminkartikel, Kopfbedeckungen und verschiedene Kleidungsstücke ein.

Nach einstündigem Einkauf fuhr Francis wieder auf den Highway 94 Richtung Detroit, hielt aber nach kurzer Zeit auf einer Autobahnraststätte an.

Lief zu den Toiletten, zog die Perücke mit den langen schwarzen Haaren an, kaschierte sein Gesicht mit Schminke und einem Schnurrbart. Zog sich eine neue blaue zerrissene Hose an, sowie eine abgenutzte braune Jacke.

Die Idee mit der lädierten und abgenutzten Bekleidung kam Tenner während dem Autofahren in den Sinn, passte einfach zu den langen Haaren.

Er wollte einen mittellosen, alternativen und randständigen Mann darstellen. Zuvor, kam ihm noch die Idee, sich als eine Frau zu verkleiden.

Aber Das, ging ihm einfach zu weit und war unter seiner Würde, er war ein ehemaliger Soldat der US Armee und nicht eine dahergelaufene Tunte, da auch die Bekleidungszeit wie der Aufwand enorm hoch wären um sich in eine professionelle Frau zu verkleiden. Auch die Herausforderung für die Bewegungen einer Frau nachzuahmen und deren Verhalten, waren einfach zu hoch, geschweige noch die Stimme nachzuahmen usw.

Francis dachte sich, wieviel würde das Wort „nachzuahmen" in diesem Buch vorkommen, sehr wahrscheinlich nicht mehr oder selten, das pure Gegenteil von Dies und Dieser.....

Verwundert blickte er in den zerbrochenen Spiegel, erkannte sich fast nicht mehr. Zufrieden mit dem Resultat, kehrte er zum Auto zurück, brachte den Van zurück auf den Highway um schlussendlich ohne Unterbrechungen nach Detroit zu fahren. Während der Fahrt, erblickte er immer wieder, zwischendurch den Michigansee, bis zur Stadt Stevensville, ein Atemberaubender Ausblick mit sonnigen und stahlblauen Himmel, wie vorhergesagt vom Wetterbericht der Medien.
Er war schon längere Zeit nicht mehr verreist, hatte einfach die Schnauze voll davon für längere Zeit, da er früher, viel durch die Armee unterwegs und auf Reisen war. Das Ausland kannte er sehr wahrscheinlich, nein, ganz bestimmt sogar, viel besser als das eigene Land. Er genoss die Fahrt und die vorbeiziehenden Landschaften und fragte sich immer wieder ob der Entscheid richtig oder falsch war, diesen Auftrag von Jim Stayli anzunehmen, denn Dieser könnte und wird wegweisend für sein weiteres Leben sein. In Anbetracht des vielen Geldes sowieso, die negativen Eventualitäten vorerst ausser Acht gelassen. Er empfand im Nachhinein, zu schnell entschieden zu haben, dessen Anblick des vielen Geldes und die magische Anziehungskraft des polierten Goldbarrens.

Fragte sich, ob nicht auch ein anderer Weg in seinem Leben, ihn weiterbrachte, und warum er nicht mindestens einen Tag wartete, um über den Auftrag nachzudenken.

Die Zukunft wird es zeigen, er hatte sich dafür entschlossen, für ihn galt nun, kein Weg zurück. Er ermahnte sich: Der Auftrag wird durchgezogen ohne einen Gedanken darüber zu verlieren.

Die Autofahrt verlief bisher reibungslos, bis er nach dreieinhalb Stunden von weitem die Stadt Detroit erblickte, Verkehrsstaus blieben zum guten Glück aus. Ziel war die John R St. Auf dem Beifahrersitz lagen die Kartenausdrucke von Google Maps, Francis blickte jetzt fortwährend auf die Karte der Innenstadt. Francis ermahnte sich, auf den Straßenverkehr zu achten, einen Unfall konnte er sich nicht leisten, wie vor einige Minuten, als er zulange auf die Karte starrte.

Nur im letzten Augenblick trat er voll auf die Bremse, durch den Reflex, als er im Blickwinkel die Bremslichter vom vorderen Fahrzeug aufleuchten sah.

Konzentriere dich Francis, bald würde er auf den Highway 96 abbiegen. Sogleich wie seine Gedanken, erschien schon die Strassentafel, dann auch die Highway-Kreuzung. Francis blieb nicht lange auf dessen Highway, bis er zur nächsten Kreuzung gelangte, und fuhr auf den Highway 75, genauer gesagt Fisher Fwy. Die Strassentafel beschilderten die Innenstadt, Comerica Park, Fortfield usw.

Plötzlich, kurzerhand, stockte der Strassenverkehr vor der Abfahrt zum Comerica Park, jetzt nur noch Schrittgeschwindigkeit. Francis konnte sich eigentlich anhin nicht beklagen, die Autobahnfahrt war bis dahin, angenehm und locker gewesen, bis er weiter vorne eine Strassensperre der Polizei erblickte, gleichermassen verzog sich sein Gesicht zu einer Grimasse, der Magen verkrampfte sich. Er sass in der Falle, keine Ausweichmöglichkeit um aus der heiklen Situation zu entfliehen, keine Chance, er musste über sich, die Strassensperre ergehen lassen, nur nicht die Nerven verlieren.

Seine Gedanken übersprangen sich, sein Fahrzeug war ja nur mit reichlich Waffen und Munition vollgepackt, stellte ja einen Grosseinkauf voller Tüten an einem Samstagmorgen dar. Schweiss quoll aus seiner Stirn, als hätte irgendjemand auf Kommando einen Wasserhahnen aufgedreht, unbewusst zog Francis den Handrücken darüber.

Francis suchte, und ging unzählige Erklärungen durch, für sein Waffenarsenal, kam aber schlussendlich auf keine plausible Erklärung, als er kurzerhand, unerwartet schon, bei dem schwerbewaffneten Polizisten zum Stehen kam.

Sein Herz pochte wie verrückt. Der Polizist blickte Francis in die Augen und kurz in das Wageninnere, bis er das Zeichen zur Weiterfahrt gab.

Francis war so extrem in sich gekehrt und in Gedanken versunken, dass er nur zögerlich auf das Gaspedal trat und weiterfuhr. So eine Scheisse auch, sein Puls raste immer noch, konnte fast nicht glauben, dass er so, dir nichts durchgewunken wurde, sogar kein einziger Wortwechsel fand statt, anscheinend suchten die Polizisten nur ein bestimmtes Fahrzeug oder Personen, welche glücklicherweise nicht auf ihn Zusprachen. Sonst wäre der Auftrag in kurzer Hand beendet oder verschoben. Francis merkte, dass beide Hände am Steuerrad zitterten und verkrampft waren, er probierte sich wieder zu beruhigen, einfach nicht mehr darüber nachdenken, sich auf den Auftrag konzentrieren. Nach einigen 100 Metern verliess er den Fisher Fwy, fuhr auf die John R St., gleich zur rechten war das Comerica Baseballstadion Stadion, die sportliche Heimat der MLB-Baseballmannschaft der Detroit Tigers. Eröffnet am 11.April 2000 mit genau 41 297 Plätzen. Er stellte schlussendlich das Fahrzeug auf den nächstmöglichen Parkplatz, um ein paarmal richtig tief und langsam durchzuatmen, um zu entspannen und den innerlichen Druck zu lösen. Nach 10 Minuten erholte er sich wieder, wie auch seine Gedanken und bekam wieder einen klaren Verstand. Er musste sich einfach zusammenreissen, professioneller die Sache angehen, nicht gleich die Nerven verlieren. Fluchte abermals heftig, um Dampf abzulassen, wie bei einer alten Dampflokomotive welche über ihre Leistungsgrenze hinweg berghinauf schoss, und schnaubte abermals wie ein Nilpferd. Der erste Tag begann ja wunderbar in Detroit, sagte sich Francis sarkastisch zu sich. Er merkte sein Alter, er war einfach dünnhäutiger geworden.

Der übermässige Alkoholkonsum in den letzten Jahren, erleichterte die Dünnhäutigkeit auch nicht eher, er kam schneller ins Rotieren und an den geistigen wie körperlichen Anschlag als früher.
Francis startete den Motor von neuem, fuhr die John R St. weiter hinauf vorbei am Michigan Science Center, dahinter gelegen das Charles H. Wright Museum of African American History.
Sah das Café DIA. Ein, oder zwei starke Kaffee, konnte er jetzt gut gebrauchen, nach der langen Fahrt und den Stress.
Durch die grossen Fenster des Cafés, sah er, wie allmählich die Nacht über die Stadt hereinbrach. Sein Ziel, vor Sonnenuntergang den Wohnsitz von Chester zu erreichen, verpasste er knapp. Er liess sein Fahrzeug an Ort und Stelle stehen, ging zu Fuss die John R St. weiter hinauf, bog in die E Ferry St., gelangte nach einigen hundert Metern an die Beaubien St..
Lief dann die Beaubien Street herunter Richtung Innenstadt, bis genau an die Ecke Beaubien und Kyrbystreet, da stand der heruntergekommene Wohnblock mit der Adresse 443 e, Kyrby Street.
Francis erkannte den Wohnblock gleich durch die Fotos von Chesters Unterlagen. Eine zwei Meter hohe Bretterwand umrundete den alten sechsstöckigen Wohnblock aus dem achtzehnten Jahrhundert, eine all zu früh errichtete Bauabsperrung, mit der Annahme ein Hochhaus, in der kürzesten Zeit aufzurichten, in einer Wohngegend mit niedrigen Häusern.

Architekt und Bauherrschaft hatten die Stadtverwaltung in der Planung zu wenig eingerechnet. Über Ebay ersteigerte sich Chester das Wohnrecht für den gesamten Block mit der geraden lächerlichen 1000 Dollar pro Jahresmiete, bis die Bauherrschaft die Bewilligung für die Errichtung des Neubaus durch die Stadtverwaltung erhielt.

Durch die Versteigerung des Wohnrechts, verkalkulierte sich der Eigentümer um ein weiteres Mal, glaubte ein gutes Geschäft über Ebay abzuschliessen, bis die Baubewilligung erteilt wurde. Unglaublich, dachte sich Francis, was nicht alles in Ebay versteigert wurde, da hatte Chester einen guten Deal abgeschlossen mit einer Monatsmiete von gerade 83.33 Dollar. Francis lief gemächlich die Strasse hoch und runter, tastete die Gegend ab, und speicherte die nahe Umgebung in seinem Kopf ab. Für einen Samstagabend, waren nicht gerade viele Leute unterwegs, auch der Verkehr hielt sich in Grenzen.

Genau auf der gegenüberliegenden Strassenseite von Chester, stand erst ein kürzlich errichteter Wohnblock mit geschätzten 14 Stockwerken. Eine nicht schlechte Ausgangslage für Francis, dachte er sich. Mehrere Wohnblocks mit Läden und Cafés befanden sich hier und der näheren Umgebung, und bildeten eine Art Zentrum für das Quartier, ansonsten war es eine Gegend mit Einfamilienhäuser für gutbetuchte Stadtbewohner mit kurzem Fahrweg zur Innenstand von Detroit.

Gleich unterhalb von Dannys Wohnblock befand sich der Peck Park
sowie ein College for creative Studies und College of Art and Design Library in seiner Nähe an der Brush Street. Also, trotzdem eine aktive und lebendige Gegend mit vielen Menschen.

Es war schon 8 Uhr abends, als Francis zum Auto zurückkehrte, heute vor Ort oder Vorbereitungen irgendwelcher Art vorzunehmen, machten keinen Sinn. Beim Transporter angekommen, fuhr Francis den gleichen Weg zurück auf der John R Street Richtung Down Town, erreichte die Tempel St. bis er beim Motor City Casino Hotel vorfuhr, checkte in und buchte vorerst für 3 Nächte. Das Hotel The Inn on Ferry Street in unmittelbarer Nähe von Danny Chester war ihm zu riskant und nachvollziehbar. Das grosse Hotel bot Francis eine gewisse Anonymität und Luxus, welcher er schon in Chicago genossen hatte.

Wenn er jetzt schon so viel Geld besass, wollte er auch die verbundenen Annehmlichkeiten des Lebens voll auskosten, wieso auch nicht. Ganz klar war jeden Fall Eines für ihn, das Geld für irgendwelchen Blödsinn auszugeben, kam strikt nicht in Frage.

Er bezog sein Zimmer und richtete sich kurzerhand ein, um sogleich wieder aus dem Zimmer zu treten, Ziel das Hotel eigene Restaurant. Nach dem T-Bone Steak, Pommes mit anschliessendem Glace, lehnte sich Francis gemütlich zurück. Spürte die Müdigkeit die langsam in seinen Gliedern von Fuss aufwärts zu seinem Körper kroch, der Tag hatte es in sich, mit der langen Fahrt von Chicago nach Detroit, mit der zusätzlichen Kontrolle der Strassensperre. Er blieb noch eine Weile sitzen. Nach der Bezahlung, erfuhr er durch die charmante Bedienung, dass ein Hotel Eigenes Casino im Hotel vorhanden war, gab ihm einen 20 Dollar Jeton, spendiert vom Haus, um es mal bei einer Slotmaschine zu versuchen. Anstatt sich mit der Akte Danny Chester weiterhin zu beschäftigen, wie er es eigentlich vorsah nach dem Essen, liess er es sich einfach heute Abend gut gehen bei einem Bier und einem einarmigen Banditen. Drückte nacheinander Ein-Dollar Münzen in den Automaten, entspannte sich, bis er nach einiger Zeit, spät in der Nacht ohne grossen Gewinn, aber auch ohne grossen Verlust sich ins Bett fallen liess.

20. Francis Tenner in Aktion, 12. November

Am nächsten Tag, um 8.00 morgens, stand er wieder vor Danny Chesters Haus. Francis behagte die Lage überhaupt nicht, er empfand ein ungutes Gefühl. Die Zeit drängte ihn, Jim machte ihm klar, deutlich klar, dass der Auftrag bis spätestens den 15. November erfüllt sein sollte. So eine Scheisse, für eine grosse Planung, blieb ihm einfach zu wenig Zeit übrig.

Er ermahnte sich jetzt, er durfte nicht allzu lange am gleichen Punkt, vor dem alten Wohnblock stehen bleiben, denn mit der Zeit würde er auffallen. Er lief nun zum schräg gegenüberliegenden Café. Der Wetterbericht behielt recht, bei immer noch stahlblauen Himmel mit angenehmen Sonnenstrahlen und einigermassen angenehmen Temperaturen, nahm er in der noch geöffneten Aussenterasse Platz. Er bestellte sich einen Kaffee und ein reichhaltiges Morgenessen.

Francis begann für die Strategie und Planung zur Eliminierung von Danny Chester nachzudenken. Wie, und aus welcher Position konnte er die Zielperson mit all zu wenig Aufsehen eliminieren. Die Uhrzeit spielte auch eine Rolle, am morgen früh, am Tag, am Abend oder in der Nacht.

Was für ihn natürlich ausgesprochen wichtig war, ohne Zeugen, und am liebsten genügend Vorsprung bevor die Einsatzkräfte eintrafen oder das Verschwinden von Chester bekannt wurde.

Das heisst, keine Frage, er musste Chester in seinem eigenen Haus töten.

Die Idee mit dem Scharfschützengewehr konnte er vorweg zu diesem Zeitpunkt vergessen und abschminken.

Wie kam Jim auf so eine abstruse Idee?

Nur Eins, war jedenfalls für ihn Wichtig, zu vermeiden, dass Chester so bald wie möglich gefunden wurde.

Womöglich, musste er ihn, ausserhalb der Stadt Tod beseitigen. Wie auch immer, denn nach einiger, gewisser Zeit, würden ihn vermutlich vorerst die Freundin, wenn vorhanden, Familie, Freunde oder allerspätestens der Arbeitgeber vermissen usw.

Eine Sache war klar, wie auch definierbar. Chester verlässt das Haus am Morgen und kam am Abend oder in der Nacht von der Arbeit oder vom Ausgang nach Hause zurück.

Danny Chester während der Arbeit oder Unterwegs zu beseitigen kam für Francis nicht in Frage, der Zeitaufwand war ihm einfach zu gross und mühsam.

Keine Frage, hier an Ort und Stelle, würde er die Sache durchziehen.

Aber nur Wie, ist die Frage.

Eine ganz einfache Möglichkeit wäre bei ihm zu klingeln, dann bei geöffneter Tür mit Worten oder roher Gewalt, Chester in den Flur zu drängen, um ihn dann alsbald mit der Pistole zu erschiessen. Meistens sind die einfachsten Lösungswege die Effektivsten.

Leider, und Dummerweise, besass er keinen Schalldämpfer für die Pistole, für das

Scharfschützengewehr schon, welches aber in einem Haus sehr unpraktisch und ineffektiv war.

Diesen Schalldämpfer, jetzt für die Pistole noch zu besorgen, kam jetzt nicht in Frage.

Die Idee, welche ihm gestern zugleich einfiel, beim Anblick des 14.Stöckigen Wohnblockes mit der gelblich hässlichen Farbe, wie auch von Jim Stayli vorgetragen, mit dem Einsatz des Scharfschützengewehrs stand jetzt nicht mehr an erster Stelle.

Nun gut, die Möglichkeit aus der Distanz Chester zu erschiessen, ohne einen Lärmeffekt, musste, und konnte er trotzdem nicht ausser Acht lassen.

Denn, einen allzu grossen Kontakt zu Chester, Lebendig oder Tod zu vermeiden, würden sein Gewissen, in naher und ferner Zukunft erleichtern.

Francis, in und mit wechselhaften Gedanken zum Auftrag, aufstehend zugleich, sah einen älteren Mann, an Chesters Wohnblock, wie auch an der Bretterwand herumlungern, welcher nach kurzer Zeit durch den alten bewachsenen Stahltorbogen in den Vorgarten trat, und zielstrebig zur Eingangstüre lief und die Klingel betätigte.

Francis nahm die Chance wahr, überquerte die Strasse und lief zu der für ihn unbekannten Person hin, wartete auf ihn, bis Dieser wieder aus dem Stahltorbogen trat.

„Entschuldigen Sie bitte, ich bin erst in die Stadt gezogen und werde ab kommenden Montag, meine neue Stelle bei der Ford Corporation antreten.

Ich konnte zurzeit, mich bei einem Kollegen unterbringen.

Da ich auf der Wohnungssuche bin, wollte ich Sie fragen, ob hier in der Gegend eine Wohnung frei ist."

Einer mit Falken-ähnlichem Gesicht, langer spitzen Nase und grauen Haaren, schaute Francis direkt ins Gesicht, schnauzte Francis für ihn aus unerklärlichen Gründen ungewohnt an, am liebsten hätte er ihm sogleich eine reingehauen.

"Keine Ahnung von freien Wohnungen.

Vielleicht dieses Arschloch Danny Chester von diesem heruntergekommenen Block hätte vielleicht eine Wohnung zu vermieten, wäre möglich.

Wie ist nochmals ihr Name?"

„Tut mir leid, ich habe mich gar nicht vorgestellt, meine Name ist Franc..." bis Tenner gleich einfiel, ob er wirklich so blöde sein kann seinen richtigen Namen zu nennen, konnte ihm gleich noch seine Adresse wie seine Absichten mitteilen"mein Name ist Jannik Fräser und arbeite für die Ford Corporation und bin für den Vertrieb von Fahrzeugen in den USA zuständig."

„AH OK" kam es nun mit einer wenigen aufgebrachteren Stimme zurück"für die Ford Corporation sagten Sie. Hören sie Herr Fräser, ich bin der Inhaber wie auch der Hauswart selbst von meinem 3.Stöckigen Wohnblockes," und zeigte Chester mit dem Zeigefinger seiner rechten Hand auf das rechts stehende Gebäude, neben dessen von Chesters Wohnblock. Ein herausgestrichener, heraus polierter Wohnblock, mit liebevollen Garten, dessen

Herrichtung und Pflege mit beträchtlichen Zeitaufwand eines Professionellen Gärtners, wenn nicht einer Firma gleichkam.

„In einem Monat, wird bei mir, eine eigens hergerichtete schöne 4-Zimmerwohnung frei. Denn neben dem Ersten Arschloch namens Chester, ist unglaublicherweise ein zweites Arschloch namens Frozendy, als Mieter in meinem Wohnblock. Dessen mir, zahlreiche ausstehende Mietbeträge schuldet. Also, wenn Sie noch etwas Geduld hätten, könnte ich ihnen die Wohnung eventuell vermieten. Bringen sie mir einfach den letzten Mietvertrag, den Arbeitsvertrag, den Beatreibungsauszug... vorbei, womit eigentlich nichts mehr im Wege steht für eine Vermietung, denn Sie machen mir einen angenehmen Eindruck."

„Besten Dank". Sehr wahrscheinlich wollte Puschenko noch seine Kontoauszüge der Banken und die Anzahl von seinen wöchentlichen Sexuellen Aktivitäten mit der Dezibellautstärke usw. von ihm, bis schlussendlich überhaupt ein Mitvertrag zu Stande kam.

Puschenko selbst, stellte ein Arschloch dar, dass, war für Tenner sonnenklar. Nur konnte er Puschenko, Dies nicht mitteilen, womit das Gespräch sogleich beendet war, und er nichts mehr über Chester erfuhr. Jedenfalls, Francis Absichten waren klar, nach dem erlangten Vertrauen von Aris Puschenko, führte und leitete er das Gespräch fortwährend in Bezug auf Danny Chester und erfuhr folgendes.

Punkt 1: Chester bewohnte den kompletten Wohnblock alleine.
Punkt 2: Chester hatte keine Freundin und gelegentlich Besuch von Kollegen.
Punkt 3: Genau um 6.30 Uhr morgens, verliess er das Haus, und zwischen 17.15 Uhr und 18.00 Uhr kam er von der Arbeit zurück.
Punkt 4: Kam am Wochenende meistens spät in der Nacht nach Hause oder gar nicht.
Punkt 5: Nach Aussage von Puschenko war Chester ein Chaot und Sauhund, welcher sich überhaupt nicht um die Liegenschaft und Umgebung kümmerte, wie auch den liegengelassenen Abfall der Leute vor seinem Haus nicht zusammennahm.

Francis merkte gleich, dass Puschenko ein pingeliger, Nasen-reinsteckender, kontrollierender, perfektionistischer, ordnungsliebender und albtraummässiger Nachbar darstellte.
Francis Gefühl, tauchte nochmals auf, Puschenko an Ort und Stelle, Eine reinzuhauen.
Nach dem langen Gespräch, bis seine Ohren weh taten, und sein Kopf langsam dröhnte von fortwährendem Gerede Puschenkos, verzog sich Francis, bis er nach vier Stunden später, vor der Hauseingangstüre des genau gegenüberliegenden, gelben Wohnblockes stand.
Stellte bedauerlicherweise fest, dass die Eingangstüre verschlossen war.

Nun gut, er wartete einige Minuten, bis eine austretende Frau, die Tür öffnete, wo gleich er in das

Treppenhaus hineinschlüpfte, bevor Diese ins Schloss fiel. Solche Blocks hatten durch ihre Anonymität einen Vorteil, im Gegensatz zu einem Nachbar wie Puschenko, denn sie kümmerten sich meistens einen Scheiss über den nächstgelegenen Nachbar. Ein Vorteil für Francis, welcher, sicherlich ihm, zu Gute kam, hoffentlich.

Er betrat den Lift, drückte die Taste 14.Etage.

Tenner staunte darüber, dass er die Etagenzahl des Gebäudes richtig geschätzt hatte.

Dort angelangt, lief er noch zwei Treppenabsätze hinauf, als er vor einer Tür gelangte, vermutete das Dies der Zugang zur Dachterrasse war. Sogleich kramte er aus dem Rucksack sein Einbruchswerkzeug, knackte das einfache Schloss in Sekundenschnelle, als gerade unterhalb von ihm, die Wohnungstüre aufging.

Gerade rechtzeitig, gelangte er auf die menschenleere Terrasse hinaus, und behielt Recht mit seiner Annahme.

Im Gegensatz zum modernen Wohnblock, standen auf der Terrasse hässliche Betonelemente für Lagerräume, nichts Neues auf dem Bau, um Geld zu sparen, wobei darin das Treppenhaus wie der Liftschacht integriert waren.

Francis, schaute von Aussen, durch die Fenster hinein. In den Räumen standen allerlei Gerümpel, Umzugskartons und nicht mehr benötigte Wäscheständer, wer auch wohl Niemand auf die Idee kam, bei so kaltem Wetter die Wäsche zu trocknen auf dem Dach, nochmals ein Vorteil, dachte sich

Francis. Kalter, mittelstarker Wind, blies Francis ins Gesicht, welcher er unten auf der Strasse, im Schutze der Gebäude nicht wahrgenommen hatte.

Er blieb eine Weile stehen.

Die Aussicht war Grandios, einfach phänomenal, er sah direkt auf die Wolkenkratzer der Innenstadt Detroits, dann auf die Seen, wie der nächstgelegene St.Clair, der Lake Erie, und gegen den Norden hin den Lake Huron, einer der grossen Seen, ahnte seinen Heimatsee am Horizont, den Lake Michigan zu sehen.

Kein einziges Gebäude, stand im direkten, nahen Blickwinkel. Der Block, war der Höchste im Viertel und näherliegender Umgebung.

Francis lief nun im Schutz der Lagerräume zum Betongeländer, blickte auf den Wohnblock Chester, und dann auf die Strasse hinunter.

Die Distanz war kein Problem für einen gezielten Schuss, aber mit dem Schusswinkel sah es ganz anders aus, denn der Abstand der Gebäude beinhaltete nur die Strasse, einfach zu wenig, um sicher zu gehen.

Das bedeutet, dass er Chester fast im senkrechten Winkel nach unten, beim betreten oder austreten des Gebäudes, erschiessen musste. Eine absolut, riskante Sache, einfach ein Glücksspiel, genauer gesagt ein Glücksschuss, auf Dies konnte er sich auf gar keinen Fall einlassen.

Man durfte auch nicht ausser Acht lassen, dass Chester ein bewegliches Ziel darstellte, und nicht eine Zielscheibe wie auf dem Schützenplatz, denn

Tenner stellte keinen Schützen für Ziele von einer Schiessbude auf einem Rummelplatz dar.

Verdammt noch mal, dachte sich Francis. Nicht nur der Winkel war ein Problem, sondern auch die Dunkelheit, denn Chester ging morgen früh zur Arbeit, und am Abend nach Hause. Die Entfernung der nächsten Strassenlaterne zum Hauseingang, schätzte er auf mindestens 15 Meter ein.

Francis, nahm aus seinem Rucksack den Feldstecher heraus, beobachtete Chesters Haus und Umgebung. Puschenko hatte Recht, allerlei Müll und Bauschutt lagen hinter der Bretterwand, nun gut der Block würde sowieso abgerissen, für was sollte man auch Zeit investieren. Beim Betrachten der Fassade, glaubte man fast, der Block würde in den nächsten Sekunden in sich hineinstürzen. Zahlreiche grosse Risse und Löcher von abgeplatzten Mörtel befanden sich darin.

Unglaublich, dass die Stadtverwaltung nicht den Abriss des Gebäudes veranlasste. Beim hin und her schwenken des Feldstechers kam eine Gestalt in sein Blickfeld, die Fotos aus der Akte stimmten überein mit der Person, die gerade jetzt, die Strasse hinauflief. Endlich sah Francis, Danny Chester im Originale. Seine kurz erblickten, jungen Gesichtszüge, und die Art von Chester, fand Francis auf eine Art Sympathisch.

Francis, kannte die Person persönlich überhaupt nicht, er empfand auch keinen persönlichen Groll gegen ihn, Dies machte seinem Gewissen im Unterbewusstsein zu schaffen für seinen Auftrag.

Der Auftrag wäre für ihn einfacher gewesen, wenn er einen persönlichen, schwerwiegenden Groll gegen Chester empfand, oder wusste, dass Chester ein bekannter Gangster und Mörder, oder sogar ein Terrorist war.

Wenn, nämlich dem so wäre, wäre Chester schon lange von der Polizei oder Staat erfasst und gefasst worden.

Das heisst, dass gegen Chester, keinen Strafbestand vorliegt.

Auf was, hatte er sich, Tenner nur eingelassen.

Diese verdammten Grosskonzerne, mit ihrem heiligen Schein nach Aussen hin, und mit massenweise Dreck am Stecken innen Drin.

Er verliess sich, auf eine Aussage einer Person, nun gut er kannte Jim, aber dennoch missfiel ihm dieser Auftrag.

Einfach lächerlich, die Aussage von Jim: einer Erpressung, halt muss mich korrigieren, einer angehenden Erpressung.

Unglaublich.

Gut er hatte die Akte gelesen, trotzdem, dennoch, blieb ihm Chester persönlich völlig unbekannt.

Francis ermahnte sich, für Sentimentalität hatte er keine Zeit.

Gerade, als Chester aus der Sicht von Tenners Fernglas, in eine Seitenstrasse abbog, erschrak Francis, als sein Handy klingelte. Bis er Dieses mühsam aus der Tasche zog, waren die Anruflaute verstummt, wie auch der Anruf selbst beendet.

Er sah auf das Display, kannte die Nummer nicht, ein wenig erstaunt, und fragend über den Anruf selbst, klingelte das Handy schon wieder, er erschrak abermals.

Francis nahm ab.

"Hallo Francis, wie läuft die Operation Chester?"
Überrascht über Jims Stimme, da auf seltene Kommunikationen seitens Stayli erwünscht war" Hallo Jim, bin gerade Chesters Haus am Observieren auf dem Dach des gegenüberliegenden Blockes."

„Hast du Chester schon zu Gesicht bekommen."

„Erstaunlicherweise, gerade erst vor einigen Minuten, genauer gesagt Sekunden, vor deinen Anruf."

„Wirklich ein Zufall. Hör zu, ich rufe dich nicht Grundlos an, die Situation hat sich um einiges geändert."

„Wieso?" Ein ungutes Gefühl, tauchte per sofort bei Tenner auf, und dachte sich: verdammt nochmal, sicherlich noch einen Mehraufwand, zu diesem Auftrag Chester. Konnte er jetzt, absolut nicht gebrauchen, und dachte über eine grössere Entschädigung und Belohnung nach.

Viel Zeit, blieb ihm, nicht dafür, um darüber nachzudenken, denn schon begann Jim, weiter zu sprechen.

„Erstens, habe ich dir vergessen mitzuteilen, dass du nicht nur Chester erledigen sollst, sondern natürlich auch, sein ganzes Inventar vernichtest.

Das beinhaltet vorwiegend der Computer und die Dokumente mit den riskanten und vakanten Daten.

Denn sonst wäre die ganze Aktion für die Katze und Sinnlos.

Was bringt es ihn zu töten, und überall lägen Beweismittel herum, was wiederum die Behörden ins Spiel bringen würde, für uns geradewegs ein Albtraum.

Zweitens, über die Leiche, wie über den hinterlassenen Spuren, haben wir uns nicht ausführlich darüber ausgesprochen, Francis."

Scheisse dachte sich Francis, jetzt fangen erst recht die Probleme an.

Er glaubte, mit der Erschiessung von Chester, erledigte sich der Auftrag, was sonst schon, schwer genug war, und könnte die restlichen 500Tausend einkassieren, wie nicht zu vergessen den schön polierten Ein Kilo Goldbaren.

"Wie sieht nun dein tatsächlicher Plan aus?"

„Ich weiss, es ist komplizierter als ich angenommen hatte, denn mein Beruf besteht nicht darin eine kriminelle Vereinigung oder Firma zu leiten.

Also folgendes Francis, du brichst mitten in der Nacht ein, betäubst ihn, und fesselst Chester mit Stricken ans Bett. Danach bringst du mit hochprozentigem Sprit die komplette Wohnung in Brand, wie das Gebäude selbst, um wirklich alles zu vernichten. Benutze eine Zündschnur um den Brand zu entfachen, damit du genügend Zeit hast, um aus dem Gebäude zu verschwinden, um dich dann schlussendlich aus dieser Stadt abzusetzen.

Du musst dir aber ganz sicher sein, dass du Chester mit deiner Handlung auch vernichtest und tötest.

Das Problem ist noch, die Zeit läuft uns davon, durch reichliche Überlegungen, kam ich nur auf diesen effektivsten Lösungsweg.

Das wäre schon alles, hast du noch eine Frage oder eine Idee dazu?"

Konnte Jim nicht noch blöder Fragen stellen, spricht wie aus einem Fantasieroman, und stellt noch die Frage ob ich noch Idee dazu hätte, unglaublich als sässe man miteinander in einer Bastelstunde.

Am liebsten hätte er ihn gefragt, ob er wirklich so blöd wäre, in Sachen und Betreff Blödheit.

Francis dachte sich zuerst, mir doch Scheiss egal, bin ich ein verdammter Pyromane, bis nach einigen Sekunden das Gegenteil war.

"Ja, die Angelegenheit kompliziert sich um einiges. Ich verstehe natürlich dein Problem mit den riskanten Daten und Unterlagen. Aber wie sieht es mit möglichen Kopien der Daten, welche eventuell noch an einem anderen Ort hinterlegt wurden und sind?"

„Sehr unwahrscheinlich Francis. Mit dem Feuer sind zwei Fliegen mit einem Schlag erledigt. Denk daran, es ist wichtig, die ganze Wohnung niederzubrennen, wenn möglich, wie vorhin erwähnt, der ganze Wohnblock schlussendlich in Flammen steht für die Vernichtung jeglicher Beweise.

Denke doch mal selbst nach, keine Spuren und keinen Beweismitteln, somit sicherst du dich absolut ab.

Gut, eine absolute Sicherheit gibt es nicht, dass weisst du, sicherlich auch.

Arbeite unbedingt so Sauber wie es in deinen ganzen Möglichkeiten steht."

„OK Jim, aber ich bräuchte vielleicht noch, ein bisschen mehr Zeit?"

„Francis, die Zeitvorgabe, bleibt bestehen."

Scheisse, dachte sich Francis zum X-ten Mal. Es kann nur noch besser werden.

„Also Jim, alles klar, ansonsten rufe ich dich bei Fragen an."

„Nein, auf gar keinen Fall, zu Riskant. Für dich, ist nun der Auftrag klar, führe diesen so bald bis möglich akribisch und perfekt durch, du hast die Fähigkeit wie auch die Mittel dazu. Ich wünsche dir viel Glück, und auf ein baldiges Wiedersehen, mit anderen positiveren Umständen. Nochmals besten Dank. Auf Wiedersehen Francis.

„OK, auf ein zukünftiges Treffen alter Zeiten Willen, auf Wiedersehen Jim."

Francis legte Sinnbildlich, den Hörer, mit schlechter Laune auf, natürlich nicht Sinnbildlich.

Francis merkte jetzt, die aufsteigende Kälte in seinen Gliedern, durch den kalten unablässigen Wind, wo er, an Ort und Stelle frei stand.

Der Anruf von Jim verursachten viele Gedanken in ihm, brachten ihn durcheinander, bis er sich wieder zum eigentlichen Grund für die Betretung der Terrasse besann. An die Aussenfassade, klebte Francis mit Schnellkleber, die Hightech Kamera mit WLAN Verbindung und einem Stahlgehäuse zur Tarnung der Kamera an.

Nach der 5-Minütiger Anbringung der Kamera, beschloss Francis ins Hotel zurückzukehren, per Laptop den Empfang und die Aufnahme zu kontrollieren, wie auch des Zooms. Für den heutigen Tag, hatte er vor allem nach dem Anruf von Jim, die Schnauze voll. Er würde sich bei den Casino-Spielen für den restlichen Tag ablenken, wieso auch nicht.

21.Francis Tenner in Aktion, 13.November

Francis, klappte um 8.00 Uhr morgens den Laptop auf, denn nach der Ankunft im Hotel am gestrigen Tag, verspürte er überhaupt nicht mehr, die Aktion Kamera zu starten, lief direkt ins Casino und gewann mit grosser Freude 10 000 Dollar. Wenigstens ein Erfolg, dachte sich Francis und konnte die Frustration nach dem gestrigen Telefongespräch mit Jim und die Gedanken zum Auftragsmord an Chester, herunterspülen.

Er wäre drauf und dran gewesen, eine hohe Summe, oder wenn auch nicht, die 500Tausend Dollar auf dem Roulettetisch zu setzen, und auch drauf und dran gewesen die Aktion abzublasen und zu verschwinden.

Jedenfalls beruhigten und beschwichtigten ihn die Gedanken mit jedem Schluck Bier, bis er einen hohen und bestimmten Pegel an Alkohol intus hatte, um kurze Zeit später schlafen zu gehen.

Seine Träume plagten ihn die ganze Nacht, mit dem Inhalt von Feuer, wie er davor wegrannte um sein Leben zu retten, bis das Feuer ihn einholte und zu Asche vernichtete.

Im Halbschlaf wachte Francis auf, und glaubte in einem Bett aus Feuer zu legen.

Schweiss überströmt, lief er ins Badezimmer, und duschte kalt, bis er wieder bei Sinnen war, und sich ermahnte wieder den Alkoholkonsum zu unterlassen

oder zu mindestens auf das Minimum zu
beschränken.

Er sprach sich guten Mutes zu, dass Dies ein Traum in
dieser Nacht war, und nicht die Realität, ausser der
Auftrag mit der Vernichtung von Chester mit dem
Feuer.

Francis bemerkte und realisierte nicht,
wie er nacheinander Gläser voll Wasser in sich
hineinschüttete bis sein Bauch wehtat, mit dem
inneren Gefühl zu verdursten in einer verdammten
trockenen Wüste mit ewig scheinender Sonne ohne
Nacht.

Schluss mit den blöden Gedanken, er würde den
Auftrag für allemal durchziehen, aber auf seine Art
und Weise, er würde schon einen Weg finden, koste
es was es wolle, aber sicher nicht mit dem blöden
Feuer und Zünselei.

Er hatte keine Lust, sein Leben lang, von solchen
Albträumen geplagt zu werden.

Zurück zum Laptop, welcher er nun einschaltete und
auf das Feld Kamera tippte, um die Software zu
öffnen. Die Kamera filmte und zeichnete permanent
die Aktivitäten am, und um das Haus Chesters auf,
ununterbrochen.

Er sah im Schnelllauf die Aufnahme von 21.00 Uhr
gestern Abend bis heute in der Nacht 3.00 Uhr
morgens an. Denn die Kamera besass zusätzlich eine
Wärmebildkamera. Um 00.10 Uhr stoppte er den
Schnelllauf, spulte dann ein wenig zurück.

Um ca. 23.50 Uhr spät in der Nacht kam Danny
Chester durch die Haupteingangstüre nach Hause,

danach sah er wiederrum mit Hilfe der Wärmebildkamera, durch die Fenster des Gebäudes, eine Person hin und her schreiten bis 00.30 Uhr im 3.Stock.

Für Francis war es wichtig um zu erkennen, ob sich noch mehrere andere Personen im Gebäude aufhielten oder sogar Niedergelassen haben.

Sieht so aus, dass, Puschenko mit seiner Aussage recht behielt, dass Chester als einzige Person den ganzen Wohnblock beanspruchte.

Ein Luxus, wo eigentlich in den Grossstädten Wohnungsnot herrschte und die Mieten in die Höhe schossen.

Francis spulte vorwärts, und konnte erkennen, wie Chester dann heute Morgen 6.43 Uhr rasant das Haus verliess, anscheinend zu spät, für die Arbeitsaufnahme aufgestanden.

Um 11.12 Uhr, knackte Francis problemlos das Alte Schloss der Hauseingangstüre des Blockes und betrat Chesters Treppenhaus.

Stieg dann die morsche alte Holztreppe hinauf zum 3.Stock, erkannte zugleich die Wohnung von Chester, da eine neue Wohnungstüre angebracht wurde. Er klingelte zuerst, um festzustellen, dass wirklich niemand zu Hause war. Um dieses Schloss zu knacken, brauchte er doch einige Zeit, um keine Spuren zu hinterlassen.

Der Wohnblock war zum guten Glück menschenleer und Danny Chester bei der Arbeit, also genügend Zeit vorhanden.

Nach 15 Minuten sah sich Francis Tenner in der charmant, renovierten 3-Zimmerwohnung um. Ihn erstaunte der Gegensatz zum komplett heruntergekommenen Wohnblock. Im Büro von Dany Chester, stand eine moderne Computeranlage mit Hightech Geräten und mit mehreren Bildschirmen auf einem grossen Holztisch, wovon Francis nicht viel verstand.

Auch viele Ordner und schriftliche Unterlagen waren in den Regalen deponiert. Francis durchstöberte einige Unterlagen und erzielte bald einige Treffer, welche Informationen verschiedener internationaler Grosskonzerne enthielten, hauptsächlich Kontoauszüge, Transaktionsbeträge und verschiedene Bankdaten von Kunden, wie auch von der Bläckybank, womit Francis schon gar nichts anfangen konnte.

Jedenfalls, brauchte man Monate um diese Unterlagen zu studieren.

Francis fragte sich, warum Chester die Unterlagen und Informationen ausgedruckt hatte, in und mit der heutigen Zeit der verschiedenen Formen der Datenspeicherung und Datenträger.

Konnte ihm schlussendlich egal sein. Nahm sein Handy aus der Tasche und Fotografierte alle relevanten Gegenstände und Unterlagen, wie auch Seiten aus den Ordnern, um Chesters Aktivitäten festzuhalten.

Um eventuell wichtige Informationen und Fotos für Jim zu liefern, obwohl er, erstaunlicherweise ihn nicht dazu beauftragt hatte, konnte ihm auch schlussendlich, nochmals egal sein.

Beim Schlafzimmer angelangt und dessen Anblick, fragte sich Francis, wie sich Jim eigentlich die Vorgehensweise für die Beseitigung von Chester vorstellte. Es kotzte ihm sogleich richtig an.

Ohne noch weitere Gedanken darüber zu verlieren, durchsuchte er den restlichen Teil der Wohnung und fand keine relevanten oder wichtigen Gegenstände und Informationen usw. wie in Chesters Büro, die angebliche Schaltzentrale von Dany.

Nach etlichen Fotos knipsen, verliess er nun dessen Wohnung, und durchsuchte die restlichen Wohnungen des Wohnblockes.

Die Hauseingangstüren waren teils aufgebrochen oder gar nicht mehr vorhanden.

Die Wohnungen waren in einem maroden Zustand, unbewohnbar. Teilweise sah Francis in den Zimmern an der Decke, die alte Balkenkonstruktion, und abgefallener grossflächiger Verputz an den Wänden abgebröckelt auf dem Boden.

Mit dem Boden dasselbe, beim laufen achtete Francis, um nicht durch die morschen Bodenplatten einzusacken.

In einigen Zimmern befanden sich noch die verstaubten und teils stark verschmutzte Möblierungen, wie Stühle, Tische, Schränke, Sitzgruppen usw.

In einer Küche fand Francis auf der Ablage, sogar einen silbrigen alten Dollar aus dem Jahr 1912, welcher er sofort in seine Hosentasche steckte.

Das wichtigste befand Francis, dass er keine Indizien und Anzeichen für den Aufenthalt weiterer Personen fand, wie zum Beispiel herumliegender Kleider, Kosmetikartikel und in der heutigen Zeit einen Computer usw.

Diese Informationen wurden von Seite Jim nicht geliefert, Diese musste er sich selber beschaffen, denn er wollte nicht in die Geschichte der Stadt Detroit als Massenmörder und Brandstifter eingehen.

Francis nahm sich für die Besichtigung des Wohnblockes über 4 Stunden Zeit, von Dachgeschoss bis ganz unten im Keller. Die Besichtigung des Wohnblockes und die angesammelten Informationen, waren für ihn ein wichtiger Bestandteil seines Planes.

Danach trat Francis Tenner, unbeobachtet, wieder auf die Strasse und bequemte sich wieder im gegenüberliegenden Kaffee auf der Aussenterasse zu sitzen.

22. Geistesblitz durchfuhr Francis Tenner am 13. November

Während er schon eine Stunde dort sass, in vielerlei Gedanken versunken, traten plötzlich 2 Junge Menschen, vermutlich Studenten an den Tisch. Unterhielten sich mit Francis einige Minuten, bis er sie freundlich aufforderte Platz zu nehmen und ihnen Getränke bestellte bei der Bedienung.
Nach 15 Minuten bedankten sich die jungen Herren bei Francis, hinterliessen ihm eine Broschüre und verschwanden.
Durch die Unterhaltung, und der erhaltenen Broschüre, durchfuhr ihn ein Geistesblitz.
Durch die kürzlich per Zufall erhaltenen Informationen, würde er morgen am 14. November zur Tat schreiten und Chester am 15. November eliminieren, danach spät in der Nacht nach Chicago zurückfahren.
Er war froh, um zu wissen, dass er bald nach Hause fuhr, er hatte die Schnauze voll von Detroit, geschweige vom Auftrag. Obwohl diese Stadt Detroit, unter anderen Umständen, sicherlich eine interessante und schöne Stadt war.
Nicht zu vergessen, nach Erfüllung des Auftrages, konnte er die restlichen 500 Tausend Dollar mit Goldbarren, bei Jim am 15. November gleich einfordern, ansonsten, und nicht bei Bezahlung der 2 Tranche, stand ein neuer Name auf seiner Todesliste, Jim.......

Im zweiten Teil der Trilogie,
HackerMan (Circle the middle), beanspruchte Francis
Tenner als Hauptfigur den meisten Teil.
Nun stellt sich die eigentliche und bedeutendste
Frage, was für ein Geistblitz durchfuhr Francis
Tenner, kann er die 2.Tanche einfordern?
Wie reagieren Jim Stayli und Don Brenner auf die
Ausführung von Francis Tenner?
Konnte nun, die angehende Erpressung von Dany
Chester verhindert werden?
Wie verläuft die Geschichte mit Sen Kanters,
möglichen und angeblichen plötzlichen Reichtum
und kann er Mekenter aussen vor, lassen?
Was für neue Persönlichkeiten, Figuren und
Hauptfiguren tauchen noch auf?

Dies und Weiteres, erfahren Sie im letzten Teil der
Trilogie, HackerMan (Circle the end).
Ich freue mich darauf, liebe Leserinnen und Leser,
um Sie Wiederzusehen beim Lesen, um die restliche
Geschichte zu erfahren.

Besten Dank. Für Ihr Interesse an meiner Fantasie.
Realistisch und Möglich zugleich.
Stephan Purtschert

Autor Purtschert Stephan

<u>HackerMan</u>

Trilogie

Circle the beginning

Circle the middle

Circle the end